会社を綴る人

朱野帰子

JN031701

双葉文庫

目次

会社を綴る人

第一話　たかが社内メール、されど……

フロアの西側で石のように押し黙っている総務部にくらべ、東側の営業部は「はい、最上《もがみ》製粉です」とか「電話とって！」とか、がやがやしている。「ねえ、電話出てってば。聞いてる？　ああもういい、俺が出るわ。紙屋《かみや》のくそったれ！」

紙屋とは私のことだ。

営業部の電話に出るのは総務部の仕事ではない。でも、もうそれしか紙屋くんにふれる仕事はないと、私はこのフロアのほとんどの人たちから思われているのだ。

私は電話に出るどころではなかった。書けない、とパソコンのモニターをにらんで苦しんでいた。たかが社内メール一通……予防接種のお知らせを書くのが、こんなに難しいなんて。

給料泥棒、という榮倉《えいくら》さんの言葉が思い出され、汗が耳のうしろに滲《にじ》む。

——あの旧態依然としたおじさんたちを動かすなんて紙屋さんには絶対無理です。

あの時は反論できなかった。

でも、なんとしても、この社内メールで営業部の中年社員たちを動かしたかった。なにがなんでもインフルエンザの予防接種に行ってもらう。

……のっけから地味で申し訳ない。社内メールだの予防接種だの、スケールが小さい話ばかりで退屈でしょう。自分で書いていてもそう思う。

でもこれが、何をやらせてもダメな私と、非の打ち所のない榮倉さん、どっちが会社を綴《つづ》るにふさわしい人間かを決める戦いの火蓋が切られた最初の事件なのだ。
もう少し我慢して読んでいてほしい。面白くなるはずだ。……たぶん。

私は出生時体重二千八百二十グラムの男児としてこの世に生まれてきた。父は気象予報士兼タレント。母は料理研究家。五つ上の兄はサウジアラビアで富裕層向けの巨大ビルを建設中。私は派遣社員を十年続け、三十二歳になった今年の春、小さい製粉会社の正社員職を得た。

どうだろう。

家族自慢をしたいわけではない。私の人生には家族の他に綴るべきことがないのだ。父と母と兄の光り輝く経歴のおかげで、自分の輪郭がなんとか浮かびあがってくる。それが私だ。まあ、仕方がない。人口が増え続けるこの地球を舞台に主役を張れる人が実家にはもう三人もいる。せめて私がくすまなければ他の家族とバランスがとれない。

しかし、そう悟りきっていたのは私だけだったようだ。

今年の正月、一時帰国した兄は「三人目ができた」と、少子化の日本に希望を与えるニュースを発表、すぐさま「三十を過ぎても派遣社員のままでいいのか」と、現代社会のひずみを突く問いを弟に投げてきた。父は目をそらし、母は上の孫を連れて庭へ。義姉は次男を寝かしつけると言って和室に消えた。私が顔を出す前に段取りが決まっていたものと思われる。私は言った。

「正社員なんて無理だよ」

しかし、遠い異国の政府と粘り強く折衝を続け、要人に取り次いでやるから金を出せと道ばたの車に引きずりこまれても毅然とはねつけ、ビル建設の根回しを終えたばかりだという兄は、火のような視線を私に注いだ。

「お前にだってなにか一つくらい取り柄があるはずだ。あっ、ほらっ、中学一年生の時だって、区の読書感想文コンクールで佳作になったじゃないか」

それがなんだというのだ。

「あの時は、ついに文才ある人間が我が家系に出たか、と思ったよ。俺なんかさ、作文の時間が憂鬱で、クソつまんなそうな課題図書なんか読みもしなかったんだから」

たしかにうちの家族は読み書きが苦手だ。父は一日中気象レーダーを見ているが、本は読まない。母も料理本を何冊も出したが、文章はライターにお任せだった。

でも——たかが区のコンクールだ。その年に選ばれた最優秀作品は一作、優秀作品は十作、佳作は百作だった。

「それでも先生はお前の感想文を推したわけだろ？」

兄は忘れている。教師は生徒全員の感想文を出品したのだ。しかし、

「どんなつまんない取り柄でも一つでもあれば、会社でやっていけるもんだ」

と、兄は一歩も引かなかった。

私はしかたなく、兄の知人の転職エージェントに会うため、虎ノ門の大きなビルを訪ねた。思った通り、エージェントは迷惑そうだった。

「正社員の経験はないんですね？　ええと、運転免許すらない、と」

「教習所には行ったんですが、路上に出ると頭が混乱してしまって……」

「ああ、そういう系」

エージェントは目をぐるりと回した。ペンを落ち着きなく回している。

「でも、あのお兄さんの紹介だものな。断りにくいなあ」

「あっ、文章を読んだり書いたりは、少し得意です」

と、私は言ってみた。

ここに来るまでに思い出したのだが、感想文コンクール佳作の実績を買われて、中学の卒業式で答辞を読む候補に選ばれたのだ。まだ自分だと決まってもいないのにその夜、私は原稿を書きあげ、担任に見せた。しかし、職員会議の結果、答辞の男子代表は植木《うえき》くんに決まった。彼は学区内一、偏差値の高い高校に推薦合格していた。中学生活をラグビーに捧げた彼の背中は山の稜線のように美しいカーブを描いていた。担任は言った。

——お前、人前で話すのは無理だろ？　でも、もしよかったら、あの原稿使わせてくれないか。植木は作文が苦手で、答辞なんて書くのはとても無理だと思うんだ……。

卒業式当日、植木くんは背中をすっくと伸ばして答辞を読みあげた。女子たちが彼の声に耳をすましているのを私は卒業生の席で見ていた。体育館は底冷えがし、パイプ椅子を摑《つか》むと、指が凍りついてピクピクと震えた。

「会社では文章を書く力など求められないですよ。ビジネスの文書なんて雛形が決まっていますしね。雛形を使ったほうが効率的ですしね」

エージェントの声が、私を過去から面談室に引き戻した。

「求められるのはコミュニケーション力。あなたのお兄さんがお持ちのような、ね」

そんなものがあったら新卒で就職している。

「まあ、お兄さんはとにかく人たらしですものねえ。ご兄弟で全然違うんですね」

努力はしたのだ。兄に面接の練習相手になってもらったりもした。しかし「我が社のために何ができますか」と質問されるともうダメだった。

何もできません。私はバイト先を一週間で追い出された役立たずです。貴社のためになるどころか足を引っ張りかねない人間で……。そんな本音を隠し、「率先して仕事に取り組み、いち早く仕事を覚え」などと、アピールするなんて詐欺でしかない。

エージェントは検索画面と格闘したのち、「まあ、ご紹介できるとしたら、ここくらいですかねえ」と、応募要項を見せてくれた。

「最上製粉株式会社です」

老舗の会社だった。食品会社に卸す小麦粉の精製が主な業務で、社員は約二百名。募集しているのは総務部の正社員。年収は額面で四百二十万円。福利厚生完備。

「こんないい条件の会社……、優秀な人がたくさん応募するんじゃないですか」

「それがね、ここ、工場があるから土曜の午前も出なきゃいけないの。いまどき珍しいでしょ。これだけで敬遠されちゃってなかなか決まらないって。少子化で労働力人口は減るばかりだし、今はどの企業も採用に苦労してるんだよね。先方からは、多少難ありでもいいから紹介してくださいとまで言われてて。ダメもとで応募してみたらどうです？」

兄への義理はそれで済むという顔をしている。

「まァ、あなたの経歴からして、まず無理でしょうが。でも、書くのは得意なんでしょ？　履歴書だけでも印象に残るようにもがいてみては？　ははは」

私は黙って応募要項を見つめた。目が開かれる思いだった。

これまで、履歴書はマニュアル通りに書いて終わりだった。そういうものなのだと思いこんでいた。力を入れて書こうなどと考えたことはなかった。でも、それなら自分にもできるかもしれない。私は面接が終わると、兄に、

〈いいアドバイスをもらいました〉

と面接の内容をメールした。兄の返事はこうだった。

〈印象に残りたいなら熱意だ。人とは違う熱意を見せろ〉

厄介なことを言う。最上製粉は条件こそ魅力的だったが、製粉業にとくに興味は湧かない。ひたすら小麦粉を作る……いかにも単調そうだ。熱意などあるわけがない。

試しにインターネットで最上製粉を調べてみた。しかし、すぐ行き詰まった。一般消費者向けではない商品を作っている企業の情報など表には出てこない。だからみんなOB訪問をして社内の様子を偵察するのか。もちろん、私にOBのつてなどない。新入生勧誘のチラシを手に押し寄せてきた上級生たちに怯《おび》えてどこのサークルにも入りそこねたからだ。

気が萎えた。応募もやめよう。兄には「どこも紹介されなかった」と言えばいい。検索画面を閉じようとして、ふと、ある文字に目を惹かれた。

『最上製粉　感謝のあゆみ六十五年』

古書店の目録が検索にひっかかっている。これは社史——会社の歴史か。

それなら公式サイトの沿革ページで読んだ。

昭和二十五年に創業者の最上満輝《みつてる》が工場を建設、二代目の良輝《よしてる》がそれを拡大、三代目の輝一郎《きいちろう》が東京に本社機能を移した……。十行にも満たない歴史だった。

しかし、紙のほうの社史の詳細には、二百ページ、とある。家族経営の中小企業の歴史をそんなに長く引き延ばせるものなのか。社史なんて、百部くらい刷って何かの記念に配り、社内の書庫で埃をかぶるのがオチの、身内向けの出版物だろう。社員だって読んでいるかどうか怪しい。

なしなし。最上製粉はなしだ。ベッドに寝転がった。

私の将来を悲観しているのは両親と兄であって私ではない。

しかし、しばらく天井を眺めた後、義姉も私の存在を負担に思っているかもしれない、と思い始めた。いつ契約を切られるとも知れず、貯金はほぼゼロ、人ともろくに話せない夫の弟がもし長生きでもしたら、うちの子たちが老後の面倒を見るのかしら、などあの優しい顔の下で心配しているかもしれない。

私は起きあがった。

古書店のサイトに戻り、『最上製粉　感謝のあゆみ六十五年』を二千円で購入した。

人とは違う熱意を見せるにはこれしかない。読むことと、書くこと。私の好きなことはこの二つだけだった。教師に押しつけられた課題図書でさえ喜んで読む。他人の答辞の原稿だって書けと言われれば書くのだ。

二日後、派遣先の会社から帰ってくると、ずっしりと重い大きな茶封筒がポストに押しこまれていた。ベッドの上にあぐらをかき、『最上製粉　感謝のあゆみ六十五年』と箔押しされた布張りの表紙を開く。

いきなり工場の写真が目に入った。ずらりと並ぶ水色のサイロ。白い作業着の工員たちが働いている。地味だなと思いながら、本文を開いた。

最上製粉の歴史は、終戦後、出征していた南方から復員した最上満輝が、焦土と化した故郷へ降りたつところから始まる。彼が目にしたもの、それは――。

そのままページをめくり続けた。二百ページがあっという間に左から右へと動いていった。巻末の「あとがき」まで食らいつくように読み、毛布で目を拭った。

もう朝になっていた。そのままベッド脇に卓袱台《ちゃぶだい》をたて、履歴書を書いた。最上製粉の社史――すごく面白かった。佳作をとった感想文も、たしかこんな風に一気呵成《かせい》に書いたのだ。想像以上に面白かったという気持ちを誰かに伝えたくて鉛筆を動かしたのだっけ。

封筒に入れ、エージェントに送ったのは昼頃だった。

人心地ついてスマートフォンを見ると、着信履歴が三十一回も溜まっていた。しまった。出勤するんだった。慌てて電話したが、「また寝坊ですか？」と、派遣会社の社員の声は冷たかった。次の派遣先はないと思ってほしいと言われた。

取り返しのつかないことをした。入れるはずもない会社の歴史に熱中して、職を失ったのだ。私は社史を棚の隅に押しこんだ。家族の負担を軽くするどころか、紙屋家史上、もっとも重い錘《おもり》となって、私は家族の未来に絡みつこうとしていた。

三日後、エージェントが電話をかけてきた時、私は図書館で借りてきた『完全自殺マニュアル』を読んでいた。やはり迷惑をかけずにすむのは薬物のようだが、二十年以上も前に書かれた本に記された方法で入手できるのだろうか。エージェントは言った。

「びっくりしないでくださいね。なんと書類選考通過だそうです」

「通過？」

なぜだ。『完全自殺マニュアル』が脇にバタンと落ちる。

「……なぜ？　志望動機がよかったのかな。社史を読んだ甲斐があったんでしょうか？」

「社史？　さあ、そんなに際立った志望動機には見えなかったですけどね。相変わらず応募者は少ないようだし、誰でもいいから面接したいってことじゃないですかね」

「え、あ、面接……」

やはりそこは避けて通れないのか。たちまち気鬱になり、兄にメールを送った。

〈面接に行かなくてすむ方法はないかな〉

〈面接は行かなきゃだめだ。大丈夫だ。面接に失敗しても、今の職を失うわけじゃなし〉

すでに失っているのだとは言えなかった。

しかたなく残り少ない預金を引き出し、ユニクロで新しいワイシャツを買った。面接の練習は緊張するだけなのでやめておいた。

人生で初めての同僚となる榮倉さんに出会ったのは、最上製粉の東京本社に到着してすぐのことだった。

「開発部の榮倉です。総務部の人手が足りないため、私がご案内します」

断っておくと、「榮倉さん」は実名ではない。

ついでに言えば、私の名前も、他の人の名前も、ここでは実名で書いていない。最上製粉という会社名も仮名だ。それもこれも榮倉さんが「身バレ」を極度に恐れる人だからだ。この文書はいずれネットで公開するつもりだ。その時のために、彼女の容姿に関する記述も、本人を特定されないよう、ここでは最小限にしておこうと思う。

私がまず惹かれたのは彼女の手だった。ブラウスの袖からひょろりと出た柔らかそうな手が、エレベーターの中を指し示している。なぜ手なのだろう。顔も美人なのに、と考えながら中に入ると、

「いたっ」

榮倉さんがエレベーターの扉にはさまれていた。先に乗りこんだ私が反射的に「閉」を押したせいだった。しまった。何かに気をとられると注意散漫になるのだ。榮倉さんは怪訝《けげん》な目で私を見た。

東京本社は狭かった。ビルのフロアを二つ借り切っているだけだ。工場など主たる機能は近畿地方にあるので、こちらは東京での窓口機能しかないのだろう。一階が開発室、二階に社長室、総務部、営業部がひしめいている。

榮倉さんが会議室のドアをノックすると、「どうぞ」という声がした。

会議室の机には、おじさんが三人も並んでいた。こんなにいるなんて思わなかった。「閉めて」と言われ、慌ててドアを大音量で閉めた。しまった。後ろ手だったかもしれない。

「紙屋さん、落ち着いて、とりあえず椅子に座ってください」

一人だけ、部屋の隅に立っていた男性が言った。後に私の上司となる、栗丸《くりまる》さんだった。言われた通り、座ろうとしたが、鞄《かばん》が椅子にひっかかった。引っ張ると椅子は嫌な角度で倒れた。そこから先はほとんど覚えていない。

会議室を出た時、シャツの背中はびっしょりだった。エレベーターの手前で、

「紙屋さん、お疲れさまでした」

と、榮倉さんが追いかけてきて、会議室に忘れてきた鞄を渡してくれた。

私はアパートに逃げ帰った。『完全自殺マニュアル』を開く気力もなかった。服を買いに行くのに服が要るのと同じで、自殺するにもそれなりのエネルギーが要るのだ。

二日後の昼、行くところもなく眠っているところを着信音に起こされた。

「紙屋さん、どういうミラクルなんです？　最終面接だそうですよ！」

「ミル？」

たしか、粉を砕く機械のことだ。社史を読みこみすぎたせいで、製粉業界用語で頭が埋まっている。

「最上製粉の最終面接に進んだんです。社長が自ら面接するそうです」

布団の上で飛び起きた。

「社長……って、もしかして輝一郎さんですか」

寝汗で濡れた背中に鼓動が響く。

「三年前に、三十二歳にして会社を継いだ、あの三代目？」

『最上製粉　感謝のあゆみ六十五年』の表紙を開いてすぐのところの口絵に、創業者一族の写真がある。年老いた満輝の隣には、息子の良輝。良輝の膝の前には、満輝の孫の輝一郎がいて、べそをかいた顔で母親の小花柄のスカートの裾を摑んでいた。

あの輝一郎に——成長した御曹司に会えるのか。

電話を切ると、公式サイトを開き、社長の近影を眺めた。社史を読む前と後では感慨がまるで違った。社史上の重要人物に会いにいけるということに興奮し、目の周りがふわふわした。なぜ二次選考を通ったのか、深く考えずに、私はふたたび東京本社を訪ねた。

今度も、案内してくれたのは桊倉さんだった。会議室に入ると、

（いた！）

今回は倒さないように椅子に座ると、輝一郎は履歴書から顔を上げ、言った。

「あなたがここに書かれた志望動機についてお訊きします」

探るように見られ、これは最終面接なのだということを急に思い出した。喉の奥が痙《けい》攣《れん》するようにつっぱる。

「心と体に栄養を――という社是に共感したとありますね。しかし、これは古い社是なんですよ。三十年も前に別のものに変わってることは知ってますか？」

「え？　あ、はい、でも、その……」

自分の声が遠くに聞こえる。

「こんな古い社是、若い社員も知らないんじゃないかな。どこで知ったの？」

「あの、も、『最上製粉　感謝のあゆみ六十五年』を……」

輝一郎は「うちの社史を読んだの？」と少し驚いた顔になり、それから嘆息して言った。

「あれを読むと、いい会社に思えるよね。初代と二代目は社員に人気もあったしね。でももう昔の話ですよ。紙屋さんは、私の経営方針についてはどう思っていますか？」

「えっ」

言葉に詰まった。『最上製粉　感謝のあゆみ六十五年』は、二代目の良輝の社葬が終わってすぐ後に編纂がはじまり、一周忌で配られたものだ。だから輝一郎に関する記述はほとんどない。勤務先の大手都市銀行を急遽《きゆうきよ》退職、三十二歳で代表取締役に就任。社史に書かれていたのはそこまでだ。

汗が首のうしろを冷やした。ここまでだ。終わりだ。私は手を握りしめた。

「あ、あの、三年前に、先代が病気で急逝された時、社長は三十二歳でした……よね」

社史を読み終わった時のあの気持ち。せめてそれだけでも言って帰ろうと思った。

「そんな年齢で、若さで、凄く重たいものをしょわされて……その……」

言葉がうまく出ない。創業者一族の写真を思い浮かべる。一族の周りを取り巻くまじめな顔の重役たち。彼らの体に吸いつく鎧《よろい》色のスーツ。先々代と先代を支えた恩顧社員たちの生活を、この若い社長は一身に引き受けたのだ。

そして、さらに今、私の身を引き受けるかどうかの決断を迫られている。

輝一郎は小さく息をついて言った。

「苦労もなく社長の座が転がりこんできたとも言えますよ」

「いやっ、でも、私も今年で三十二ですが、私なんか、自分の存在さえしょいきれずに家族にしょわせてばかりで、ここまでの人生、何やってきたのかと……」

社史を読み終わった時、兄のことを考えた。兄は生まれながらにして光り輝いていた。

でも違ったのかもしれない。余計に頑張らなければいけなかったのかもしれない。自分の人生を早々にあきらめてしまった弟の分まで、紙屋家を守りたてる責任をしょって。

目の前にティッシュの箱が滑ってきた。寄越したのは輝一郎だった。

「ご足労様でした。結果は追ってご連絡します」

私はティッシュを何枚も引き抜いた。涙が降りてきたせいで、どろどろになった洟《はな》をかんで面接は終了。会議室を出ると、桊倉さんが、

「お土産です」

と、白く小さい紙袋を渡してくれた。軽かった。しかし、手のひらに載った時、たしかな質量を、その紙袋の中身から感じた。

「フランスから輸入した小麦粉で作ったクッキーです。試作品ですけど」

どう考えても採用されなそうなこの僕に、この会社の人たちはなぜこうも優しくしてくれるのか。採用に苦労しているというのは本当なんだなと思いながら、その紙袋を受け取った。

アパートに戻り、何も食べていなかったことに気づき、クッキーを一口かじった。

兄貴、ごめん。二人の甥、そして、まだ性別がわからない三人目も、ごめん。

鼻をすりながらかじるクッキーは、粉が舌の上でほろほろとほどけて、ほのかに甘くて、私は「心と体に栄養を」という最上製粉の古い社是を思い出していた。

戦地から戻った創業者の満輝が目にしたのは、飢餓に苦しみ、敗戦のショックから立ち直れずにいる日本人だったという。未曾有《みぞう》の食糧難で一千万人が餓死するだろうと言われていた当時、「美味しいものは、心と体と両方に力を与えるものだ」と思った満輝は家族の反対を押し切り、私財を投じて近畿地方の沿岸に製粉工場を建造したのだ。

クッキーを噛みしめながら、私は死ぬのだけはやめようと思った。

三日後、派遣社員としての最後の給料が振り込まれた。持ち金はそれで全部だった。

私は実家に戻ることにした。両親は「わかった」と言ってくれたが、電話の向こうの声は不安そうだった。段ボールにガムテープをうまく貼れずに苦戦しているとスマホが鳴った。

エージェントだった。

「内定ですって」

と伝える声は不本意そうだった。

「え、内定?」

ガムテープが足の甲に落ちた。痛い。夢ではない。

「いや、ほんと、何がよかったんでしょうねえ? どう思います?」

私のほうこそわからない。とりあえず、急ぎ兄に報告した。

〈何がよかったかなんて今は考えるな。会社なんて入ったもの勝ちなんだ。お母さんも

これで安心する〉

兄らしい答えだった。巨大ビルはもうすぐ工事に着手するそうだ。

その日の夕方、最上製粉の総務部の栗丸さんからメールが来た。最初の面接の時に会議室にいた人だった。入社前に健診を受けるようにという事務的な連絡だった。

なぜ採用されたのか、さっぱりわからないまま、私は入社の日を迎えた。

最上製粉の総務部の本体は人数が多い近畿地方の工場にあった。それに対して、総勢四十名しかいない東京本社の総務は、栗丸さん一人で充分とされていた。栗丸さんはあらゆることを兼務しており、私はその下に置かれた雑用係という役回りだった。

「紙屋さんが戦力にならないことはわかっていたから」

入社して一週間後、栗丸さんにそう言われた。

コピー機の操作を覚えるだけで半日かかった私は、ミスコピーした大量の紙をみじめな気分で捨てながら尋ねた。

「あの、だったら、僕はなにがよくて採用されたんでしょう」

兄には考えるなと言われたが、やはり気になる。

栗丸さんはフロアの東側へ顎をしゃくった。営業部に猛禽《もうきん》類のような顔をしたおじさんがいるのが見えた。

「面接で、あそこにいる渡邉《わたなべ》営業部長代理と、常務がマルをつけて、専務と僕がバツをつけた。勝負は最終面接に持ちこまれ、なぜか社長もマルをつけた」

「なぜ、社長はマルを」

栗丸さんはメタルフレームの眼鏡の位置を直しながら淡々と言った。

「さあね。でも、こうなった以上、僕は君を受け容れるしかない」

栗丸さんの言葉に嘘《うそ》はなかった。金庫の両替のような簡単な仕事にも、丁寧に指示書を書いてくれ、間違いが起きないようにしてくれた。それでも私はミスを重ねた。シュレッダーにクリアファイルを噛ませて詰まらせ、重要書類の内容を削除して上書き保存をし、五分前に指示されたことを忘れ、指示のメモを失くし、同じことを何度も訊き直した。

栗丸さんは怒らなかった。私に期待しない。失望もしない。こんないい上司がいるだろうか。打ち間違えたホチキスを一つ一つ外すだけで私は給料がもらえる。

一方で、私に苛立《いらだ》ちを覚えている人もいた。

「紙屋あ」

渡邉さんは毎日のようにやってきて、私を叱りつける。

「うちの部に人がいない時は電話とってよ。社名、担当者名、電話番号。それだけ聞いてくれればいいんだから」

それだけ、と言うが、営業部にかけてくる声のほとんどは「うにゃうにゃ給食センターらけろね！」と名乗りからして土砂崩れを起こしている。聞き返す暇もなく、「天ぷら粉のサンプル、明日朝着っ」と電話を切られる。渡邉さんに伝えると、

「どこの給食センター？」

と貧乏揺すりをしながら訊かれる。

「天ぷら粉はふわふわサクサクのほう？　パリッとカリカリ？　え、わかんない？　それですむと思うの？　明日の朝になって欠品でしたじゃすまないんだよ」

渡邉さんの目はぎらぎらしていた。見かねた栗丸さんが助け舟を出してくれる。

「今の時代、電話で発注してくる取引先が古いんですよ。発注システムをデジタライゼーションすべきです。総務部に営業部の電話をとらせるのもおかしいです」

「ああー、栗丸さんはいっさいとりませんものね。僕らが暑い日も寒い日も外歩いてる間も、エアコンの効いた執務室にいるだけですものね」

「僕が執務室にいなきゃエアコンだって正常に動きませんよ」

自分の席に戻っていく栗丸さんの背中に、渡邉さんが言った。

「けっ、お前が自転車漕いで発電でもしてんのか。……おい、なにがおかしい？」

ここは笑うところだと思ったのだが、違ったようだ。

「うちの取引先には個人店も多い。みんな忙しくてサンプル注文するためにいちいち入

カフォームにカタカタ文字入れたりできないの。お客さんのために汗をかく心がお前ら総務部には足りないんだよ。よし、叩き直してやる。今夜つきあえ」

定時後、渡邉さんは栗丸さんに「ルーキーをお借りしますよ」と嫌みっぽく言い、私を近くの狭い居酒屋に連れていった。壁に貼られた品書きの短冊は煙草で黄ばみ、セロハンテープも黄ばんで今にも剝がれ落ちそうだったが、おかみさんは愛想よかった。

渡邉さんはおしぼりで手を拭きながら、せっかちに言った。

「紙屋、まだ給料出るのに間があるだろ。今日はおごってやる」

渡邉さんについて来た営業部のおじさんたちは物珍しそうに、「紙屋くんはいつも誰と飲んでるの」と訊いてきた。

「いえ、誰とも──」

そもそも誘われること自体がないのだ。

「わあ、コミュ障だ！　流行《はや》りの」

おじさんの一人が娘から仕入れたという若者言葉を言うと、

「流行らせてんじゃねえよ。飲みにも行かないやつと仕事なんかできないよ」

渡邉さんはがっくりと首を垂れ、高い鼻をテーブルにつけた。

「ほんと、紙屋にはガッカリよ……。マルなんかつけなきゃよかったよ」

「誰が渡邉さんに面接官なんかやらせたんだ？」おじさんたちは笑っている。

「常務だろ。専務に対抗して」誰かが私にボトルを寄越す。

「渡邉さんみたいな問題児じゃ対抗にならないでしょ」トングも渡される。

「誰が問題児だって？　もういいっ、貸せっ。紙屋、焼酎もつくったことないのか。でも俺にはな、お前をこの会社に入れちゃった責任ってもんがあんだよ。……よしっ、俺の終電係をやらせてやるっ。それくらい務めてみろっ」

終電係とは、終電に乗った渡邉さんが寝過ごさないように、最寄り駅に到着する時刻をみはからって電話するという役目だった。営業部の新人がやらされるものらしい。

営業部のおじさんたちの話はめまぐるしく、なぜマルをつけてくれたのかなどと尋ねる余地はなかった。帰りの電車では渡邉さんが車両の床に寝そべるのを阻止するのがやっとだった。渡邉さんは「もっとやれるだろ」と繰り返した。「お前にはさ、心が足りないんだよ」とも言われた。他の乗客の視線が切なく、私は逃げるように自分の駅で先に降りた。終電係のことなんて頭からこぼれ落ちていた。

翌朝、八王子まで眠ったまま連れていかれたという渡邉さんに「冷めてもサックリ唐揚げ粉」のパンフレットではたかれた。

そこに、エレベーターから榮倉さんが粉だらけのエプロンを着けて降りてきた。

「よう、愛人候補」

渡邉さんは明らかなセクハラをし、しかし榮倉さんは、「やめてくださいよ」と微笑《ほほえ》んで去った。

みっともないところを見られた。顔が赤くなり、少し泣きたくなった。

それからも渡邉さんと栗丸さんは私をめぐって口論を続け、総務と営業の溝は深まっていくばかりだった。ますます電話をとるのが怖くなった。みんなが私の受け答えを聞いているかと思うと身が縮こまった。

何日かして、工場のほうの総務部本体から、私に製パン研修を受けさせろというお達しがあった。パンを作ると小麦粉の特性がよくわかるというので、新人はみな受けさせられるのだ。

当日、開発室に行くと、榮倉さんがいて、銀色のバットからふくふくした白いパン種を丁寧な手つきで掬《すく》いだしていた。

(そうか、義姉の手に似てるんだ)

きかん坊の甥っ子たちの世話をする義姉の手つきは優しく、きっぱりしている。彼女の手も同じなのだ。初めて会った日に榮倉さんの手に惹かれた理由がなんとなくわかったような気がした。

教えられてパン種をこねたが、まるでうまくいかなかった。白い生地は生き物のように伸び縮みし、私の手に余った。無理矢理まとめようとすると、

「ああ、傷ができちゃいましたね」

と彼女は顔をしかめ、ぱっくり裂けた部分に周りの生地をまるめこみ、そこを下にして型に入れてくれた。そのままオーブンに入れている。

「休憩にしましょうか」

パンの焼き上がりを待つ間、彼女は東京の開発室の仕事を説明してくれた。製パン会社に粉を売りこむためにパンの試作品を作るのが彼女の役目なのだそうだ。

「紙屋さんは、朝のパンはどこで買いますか。神戸屋やドンクで買うこだわり派ですか。神戸屋の粉は一部うちのを使ってもらってるんですよ。それともサンジェルマンかな。いや、男の人だからコンビニかな」

「いえ、あの、朝は食べないので」

「えー、食品会社に勤めてるのに？　ダメですよ。ちゃんと食べなきゃ、いい仕事はできないですよ」

女の人に真剣に怒られたのは何年ぶりだろう。派遣社員だった時は、女性社員たちは私とまともに話そうとしなかった。そんなことを思っていると、彼女は「あ、ちょっと待ってて」とスマートフォンに文字を打ちこみはじめた。

この職場で年が近い社員は彼女しかいない。私は思い切って言った。

「あの、営業の渡邉さんのことなんですが……なぜ私なんかにマルをつけてくれたんでしょう」

「マル？　ああ、面接の評価のことですか。さあ。知りたいんですか？」

「なんだか、すごく失望させてしまったみたいで、申し訳ないと思って……」

「まあ、渡邉さんは誰に対しても文句の多い人ですから。あ、焼けた！　あ、あ、いいです、紙屋さんは座ったままで。立ちっぱなしで疲れたでしょ？」

ミトンをはめながらオーブンに足早に歩み寄る榮倉さんの後ろ姿は、仕事のできる人のそれで、私の目にはまぶしすぎた。目をそらしたその先に、たまたま榮倉さんのスマートフォンがあり、画面が開いたままで、まだロックされていないようだった。ブログのフォーマットが見えた。見たのは一瞬だった。でも読むのが好きな私の目は、勝手に文字を拾った。

履歴書。

心と体に栄養を。

給料泥棒。

「はい、できました。これで研修終了です。これ、明日の朝ご飯に」

もらった食パンを腕でかばいながら電車に乗り、天ぷら弁当を買って帰った。正社員職を得たので、実家に帰らずにすんだのだ。弁当を温める間、スマホの検索窓にさっきの三つの言葉を入れると、ブログが一件ヒットした。私は記事のタイトルを読んだ。

『新しい同僚の仕事ぶりを時給換算してみた』

今日の夕方、榮倉さんはあら熱をとった食パンにパン切り包丁を入れ、六枚切りにして私に持たせてくれた。あのギザギザした包丁を心に差しこまれたような気分になった。

ブログの主は「社員A」。性別も業種もぼやかしてある。でも「給料泥棒の紙屋さん」については詳しく書かれていて、どう読んでも私だった。

愚痴や罵倒をネットに書かれることは今までに何度もあった。でも、私にクッキーや食パンをくれたあの手に、このような文章を書かせたのは自分だと思うと辛かった。

「紙屋さん（断っておくけど、仮名）が八時間かけてやる仕事は、平々凡々なこの私でも一時間程度でできる内容だ。つまり紙屋さんは私の八倍の時給をもらっていることになりはしないか。心と体に栄養を、どころではなく、会社を疲弊させていることに紙屋さんは気づくべきだ」

そう、「紙屋」という仮名を私に与えたのは榮倉さんだった。そう名付けた理由は、一つ前の記事に記されていた。その記事のタイトルはこうだった。

『履歴書一枚で古い体質のおじさんは紙みたいなペラペラ社員を掴まされる』

やめておけばいいのに、私はその記事も読んだ。

「こいつ気に入った、と渡邉さんが言ってきたので、私もその採用応募者の履歴書に目を通した。見る所のない内容だった。どこで知ったのかわからないけれど古い社是を引用している他は。おじさんたちは昔は良かった系の話に弱い。なので、古い社是が書いてあるというだけで好印象を持ったのだろう。だからって、あのひどい面接で通してしまうなんて。そうして掴まされたのが紙みたいなペラペラ社員というわけだ」

だから私は「紙屋」なのか。その記事は三百二十五人にいいねされていて、コメントもついていた。たとえばこんな感じだ。

「その履歴書見たい。魅力ない文章ぜひ堪能したいです」

それに対し、今日の午後、私の隣にいる時に投稿したらしき榮倉さんの返事。

「履歴書載せると身バレしちゃうので（笑）わざわざ読むほどのものではないですよ！」

弁当の天ぷらの衣はぶよぶよだった。最上製粉のふんわりサクサクの粉で作ったやつなら美味しく食べられただろうか、と少し考えた。

翌朝、出社すると、栗丸さんに呼ばれた。

「予防接種の案内を送ってくれる？　あ、心配しなくても文面はあるから」

栗丸さんはありとあらゆるお知らせの雛形を用意していた。予防接種の文面はこうだった。

「東京本社各位　インフルエンザの予防接種を受けた方は領収書を総務部に提出してください。三千円の補助が出ます。期限は四月三十日。以上。総務部」

日付を変えて送るだけなら紙屋君にもできるでしょ、と言われ、文面を十回は確かめて送った。日付も間違わなかった。

しかし、期限三日前になっても領収書の集まりは悪かった。東京本社に在籍している社員は四十人。そのうち三十人が営業部だったが、そのうち七割がまだ未接種のままだった。彼らは工場への出張も多い。栗丸さんは私に口頭で催促するように言った。

「ウィルスを拡散されたら、工場の稼働率が落ちるって本部からせっつかれてる」

「でも、私なんかが言っても、聞いてくれないのでは」

「いいんだよ。催促したって事実さえ残れば」

栗丸さんは自席に戻っていった。

私は営業のおじさんたちが帰社したタイミングを狙って声をかけた。みな「はいはい」と生返事だった。「注射なんか行く暇ないよ」と言う人もいた。

「でも二週間も前に案内のメールは送ってて……」

私が必死に食い下がっていると、渡邉さんが自席から冷めた視線を寄越す。

「ほう、栗丸さんの好きな文書主義ってやつですかあ」

「文書主義って……なんですか？」

「紙一枚だけ送りつけて、人を動かそうっていう、心のないやり口のこと」

「違います」

栗丸さんが総務部の席に座ったまま、こちらに声を投げてくる。

「言った言わないの争いを避けるために口頭ではなく文書で残す。それが文書主義、会社の基本原則です」

渡邉さんはそれを無視し、私に向かって「あんたら総務はさー」と続ける。

「心がないんだよ。俺たちの時間はね、一分一秒がお客さんのためにあるの。相手があるクライアントワークなの。予防接種なんてのほほんと受けられるのはな、ご自分の都合だけで動ける総務部様くらいですよ。……あ、それ、あーんして」

試食用のパンを届けに来た榮倉さんに自分の口を指している。

「いやですよ」

と、榮倉さんは渡邉さんを軽く睨《にら》み、私に苦笑いしてみせた。でも私は笑い返せなかった。どんな言動もブログに書かれるかもしれないと思うと、体が強ばってしまう。

「あんな心のこもらないメールで誰が動いてやるかってんですよ」

渡邉さんは餡《あん》パンをつまみ、むきになって食べている。

「それにさあ、注射打っても、インフルエンザ、罹《かか》る時は罹るらしいじゃん？」

「注射苦手なんですか」

思わず尋ねた。

「しょうもないこと訊くな！　苦手に決まってんだろ！　針刺すんだぞ。体の中にウィルス入れるんだぞ。お前は好きなのか？　変態め。……榮倉ちゃん、これまだ生地固いね」

「もう一回、やってみます」

榮倉さんは空になった番重《ばんじゅう》（食品用運搬容器）を重ね、「これ、お昼ご飯にどうぞ。もう試食済んだので」と並べたパンを私に示し、開発室に戻っていく。時計を見るともう昼休みだった。番重からチーズデニッシュを一つもらい、自席に戻ると、栗丸さんがやってきた。

「この前のメールの件名に【再送】って入れて送り直して。それが最後通告」

「でも、またろくに読んでもらえないんじゃ」

「いいんだよ」

栗丸さんの目が薄いレンズの向こうから私を見た。

「案内は二度送った。口頭で促しもした。これで総務部の落ち度にはならない」

栗丸さんはお昼に行った。他の人もみんな出てしまい、誰もいなくなった。

私はチーズデニッシュをかじりながら、この前送った予防接種のメールを開いた。

これをもう一度送りつけて、最後通告。

簡単な仕事だ。これなら私にもできる。でも、喉が詰まった。なぜだろう。社史で読んだ最上製粉はそんな会社ではなかった。もっと温もりがあって、人と人との距離が近くて……。香ばしいパン生地を飲みこむと、食道にひっかかってむせた。

「美味しくないですか？」

榮倉さんが戻ってきていた。ナプキンに包んだ弁当箱を抱いて、胸を叩いている私を見ている。

「いえっ、美味しいです。ちょっと悩んでて、咀嚼《そしゃく》するのを怠ったというか」

「悩むって、予防接種の案内で、ですか？」

榮倉さんはメール画面に目をやる。彼女はとっくに接種を受けていて、領収書を出している。

「再送って件名に入れて出すだけでしょう」

「でも、それだけじゃ、渡邉さんたちは接種受けてくれなそうだなと思って」

「放っておけばいいのに」

「でも、インフルエンザが蔓延《まんえん》したら操業に影響するんですよね？」

「もしそうなっても紙屋さんの責任じゃないでしょう。そもそも、あの人たち、予防接種制度の意義なんか理解してないんですよ。この会社ってほんと——」

榮倉さんはそこで誰かに聞かれることを恐れるように辺りを見回した。

「旧態依然、ですか？」

私が先に言うと、榮倉さんの目が止まった。

「あ、すみません。……でも、あの、そう書いてたでしょう。【どうしょもない私の会社を綴る】に」

それが彼女のブログのタイトルだった。榮倉さんは無表情になった。

「へえ、そんなブログがあるんですか」

彼女がトボけようとしていることに、その時の私は気づかなかった。

「あるんですかって、あれ、榮倉さんが著者ですよね」

「著者なんて大げさです！　あんなのただの個人的なブログでTwitterとも連携もしてないような……なんで見るんですか？」

「つい見つけてしまって」

「見つけないでください」

「いやでも、ネットで公開されてますし」

「もしかして自分のこと書かれて怒ってるの？　まさか会社の人にバラす気？」

榮倉さんは蒼白だった。

「いや、怒ってはいません。バラす気もないです。それなりにショックでしたけど、すべて事実ですし……。それに、感謝もしてます」

「感謝？」

なにを言っているのだという顔を、榮倉さんはした。

「私が、なんで採用されたのか、あのブログを読んでわかったので」

榮倉さんが口を開こうとする前に、私は続けて言った。

「わかってるんです。私が皆さんを失望させていることは。ガッカリだって渡邉さんにも言われましたし。でも、あの履歴書の文章だけは渡邉さんに好印象持ってもらってたんだってことを、榮倉さんのおかげで知ることができたので、それはよかったです」

口が乾いた。職場でこんなに長く喋《しゃべ》ったのは初めてだった。

「……もしかして」

榮倉さんは小さく笑った。

「自分の文章力でおじさんたちに予防接種受けさせようとか、考えてるんですか」

「え？」

私は虚を衝《つ》かれた。考えつきもしなかった。自分の指を見る。電話もとれない。パン種もこねられない。でも、そうか、文字を綴るだけなら――できるかもしれない。

「あの、冗談ですよ。渡邉さんに褒められたくらいの文章力で、そんなの無理でしょ。それとも文章で賞とかとったことあるんですか？　ないでしょ」

「読書感想文で一度、佳作を……」

榮倉さんはふっと顔を和らげた。その程度の実力で、と思ったのだろう。

「あの旧態依然としたおじさんたちを動かすなんて紙屋さんには絶対無理です」

桊倉さんは出て行った。私はキーボードから指を離した。そうかもしれない。せめて優秀賞をとっていれば、いや、それでも自慢にはならないか。

しかし、その指を元の場所に押し戻したのは、頭の中の兄の言葉だった。

――どんなつまんない取り柄でも一つでもあれば、会社でやっていけるもんだ。

私の取り柄。

最上製粉が「いい」と思った気持ちを伝えたくて履歴書を書き、それに渡邉さんがマルをつけてくれた。文章を書く力。それが私の取り柄。たとえ佳作しかとれなかったとしても、それが私のたった一つの能力なのだ。

両親がそれだけは私に授けてくれた。兄も褒めてくれた。それを、まっこうから否定されて悔しくはないのか。私は自分自身に問いかけていた。今その力を発揮せずにどうする。一生役立たずのままで終わるのか。

兄とした面接の練習を思い出す。兄に何度問われても答えられなかった質問はこうだった。

――我が社のために何ができますか。

私は雛形の文面をすべて削除した。

口頭ではなく文書で残す。それが会社の原則だと栗丸さんは言っていた。だったら、会社は夥《おびただ》しい数の文書の集合体だということになる。このメールを綴ることだって、会社を綴ることになるはずだ。榮倉さんがブログで綴っているのとは違う、最上製粉株式会社を綴りたかった。私にできることはそれしかない。

書いているうちに昼休みが終わった。渡邉さんが「ねえ、電話出てってば」と怒っている。

「ああもういい、俺が出るわ。紙屋のくそったれ！」

どう書こうかと、耳のうしろに汗をかいて悩み続けた。そのうち周りの音も聞こえなくなった。

書き終わって時計を見ると、午後三時をすぎていた。

送る前に上司に見せに行った。栗丸さんは文面に目を通すと言った。

「君って、ミスだらけのくせに、ふしぎと文章の誤字脱字はないんだよね」

内容に関しては何も言われなかった。私は席に戻り、そのメールを送った。

反応はなかった。誰からも返信はない。

翌朝もなかった。誰も予防接種のことを口にしなかった。営業部のおじさんたちは出社したと思ったら、バタバタと外に出ていく。ダメだったのか。読まれてもいないのかもしれない。力が抜け、トイレに行った。個室に入り、よせばいいのに榮倉さんのブログを開いてしまう。新しい記事が掲載されていた。

『公衆衛生の意識が低いおじさんたちはウィルスの格好の乗り物』

閲覧数は百十三。「おじさんたちは風邪ひいても奥さんが看病してくれるから手洗いも甘いですよねー」とか賛同コメントも多い。「会社を悪くしているのはだいたいおじさんですよ！」という語気強いものもあった。

トイレから出ると、ちょうど榮倉さんも女子トイレから出てきた。

「あの」

と私は声をかけた。

「昨日、例のメール、再送して……その……」

「ああ、来てましたね。でも私もう接種受けてますし、もう読む必要もないかと」

読んでいないのか。昨日はあんなにつっかかってきたのに。でも読んでほしかった。誰からでもいい、感想が欲しくて、私は榮倉さんに言った。

「新しい記事、めちゃくちゃ見られてましたね」

「はい、コメントも沢山《たくさん》つきました」

榮倉さんはすまして言った。それだけだった。お返しにメールを読もうなどとは思っていないようだ。彼女の関心はもう彼女自身にしかないようだった。

私は小さく息をついて立ち去ろうとした。声が追ってきた。

「紙屋さんはうちの会社を知らないんですよ」

ふりかえると、榮倉さんは顔に同情の色を浮かべていた。

「予防接種の件は氷山の一角なんです。新しい社長がコンプライアンスとか、DXとか、新しい改革をどんどん進めてるっていうのに、おじさんたちは変わろうとしない。心と体に栄養を、なんて昔の社是にしがみついている。でも戦後じゃあるまいし、今は飽食の時代ですから。人は小麦粉を食べただけで幸せにはなれませんから」

私は、面接の後にもらったクッキーのほのかな甘さを思い出していた。絶望の底にいても美味しいものは美味しいのだということを、あの時学んだ。私は言った。

「じゃあ、榮倉さんは、なぜあんなブログを書いてるんですか？」

榮倉さんも本心では渡邉さんたちに変わってほしいと思っているのではないか。でなければ、あんな量の文章は書けないだろうと思ってそう尋ねたのだが、

「あんな？　あんな、って？」

榮倉さんは顔色を変えた。

「あのね、私のブログ、年間百冊本を読んでるとか、そういう人がいいねをくれたこともありまして。渡邉さんに褒められて喜んでる紙屋さんとは、次元が違うんですよね。そんな私でも、あのおじさんたちを動かすのは難しいって言ってるんです。なのに、なんで紙屋さんレベルの文章で動かせるって思えるのかな？」

ぐうの音も出なかった。たしかに、私には無理だった。

渡邉さんはきっと勘違いしたのだ。履歴書を読んで買いかぶったのだ。なのに、私は

真に受けて調子に乗った。雛形がちゃんとあるのに、あんな内容に書き換えて、みんなに無視されて、恥ずかしい人間だ。廊下には日が射さず、空気はひんやりと冷たかった。

「あれ、お二人さん、どうしたの？　痴話喧嘩《げんか》？」

渡邉さんの声がした。外回りから帰ってきたらしい。バタバタと近づいてくる。

「最低」

榮倉さんは小さくつぶやいて立ち去りかけたが、渡邉さんが「ほれ」と鞄から出した、ところどころ折れ曲がった紙きれを見ると、顔を強ばらせて、立ち止まった。

領収書だった。

金額は三千五百円。予防接種代、という但し書きがある。

「まだ間に合うよな？　すぐ金よこせ。三千円まで会社が出してくれんだろ？　三時にまた出るから、それまでにくれないと財布に五百円しかない」

私の手に押しつけてくる。

「渡邉さん、あの、もしかして」

予防接種行ってくれたんですか、と言いたかったが、うまく声が出なかった。

「やっぱマルつけてよかったって、一グラムくらい思ったわ」

渡邉さんは胸ポケットから紙を出して広げた。榮倉さんの顔がますます強ばる。それは私の履歴書のコピーだった。

「お前ってさ、なんでかな、この会社のことをよく知ってるんだよな。ここに来る前から、俺たちのことをわかってた」

「それは、その、私は社史を読んでいたので」

「社史？　あ、そうなの。なんだか知らないけどさ、実際入ってきたら、俺らの心なんか知らんって顔だったからさ。……つい、いじめちゃった」

渡邉さんはきまり悪そうにコピーをまた畳むと、「まあ、これからもいじめるけどな」と言い残して階段を降りていった。桀倉さんはスマートフォンをエプロンのポケットから出しながら、「社史？」とつぶやいている。

「紙屋さん、あんなもの読んだんですか」

桀倉さんも読んでいないのか。自分の勤めている会社の歴史になど興味を持たないのが普通なのかもしれない。あんなに面白いのにもったいない。

「わからない」

私のメールに目を通したらしい桀倉さんが言っている。

「こんな文章で、どうして渡邉さんが？」

こんな、というギザギザ刃が私の心にひっかき傷をつける。でも私の文章を読んで渡邉さんが予防接種に行ったのは事実だ。動かしがたい事実なのだ。いつも自信にあふれている兄の素振りを思い出しながら、勇気のありったけをかき集めて、私は言った。

「文章の力で、私はこの会社でやっていこうと思います」

必死だった。ギザギザした刃を押し戻すために。柴倉さんは少し黙った後、言った。

「……読書感想文で佳作だった程度で?」

「その程度だったとしても、私にはそれしか取り柄がないので」

そう言い置いて、方向転換しながら、私は思い返していた。

この会社に入って見聞きしたことすべてをこめて、汗をかいて書いた「【再送】予防接種のお知らせ」の文面を。

「東京本社各位
予防接種は任意です。強制はできません。しかし、私たちは最上製粉です。時代が変遷しても、お客様の命を繋《つな》ぐものを作るのが生業であることに変わりはありません。
出勤前のパン、一人で買う天ぷら弁当、仕事終わりの唐揚げとビール。どんな時でも美味しいと思ってもらえる小麦粉を作るためには、まず私たちが健康であるべきだと総務部は考えます。補助金支給の期限は四月三十日までです。どうかお願いします。以上。
総務部　紙屋」

夕方までに、営業部の七人から領収書を受け取った。予定があってすぐに病院に行けない人もいたので、栗丸さんに総務部本体に電話してもらい、二日延長してもらった。

「メール一通書くのに、三時間もかかるのはいかがなものだろう」

と、栗丸さんは電話を切って言った。その通りだった。私はうつむいた。

栗丸さんは息をついてから言った。

「今後は雛形を使わなくてもいいよ。紙屋さんの自由にしていい。文書の仕事があったらまた回すから」

私は顔を上げた。栗丸さんはニコリともしないまま、私が淹れ損なった来客用のお茶を淹れ直すため、給湯室へと歩いていった。

それから一週間、榮倉さんはブログを更新しなかった。

でも、そのことに私は気づかなかった。渡邉さんが私の文章で動いてくれた。栗丸さんが私の文章の力を認めてくれた。そのことで頭がいっぱいだった。

第二話　おじさんに読ませる文章なんてない

新聞はコピーするのが難しい。原稿台のカバーをしめるまでに、うねっと動いてしまう。栗丸さんは斜めの文字を許さない。蓋を速くしめたらよいかもしれないと、バシッとしめたら、営業部のおじさんに「うるせえっ」と怒鳴られた。

「紙屋、お前、なんもできないなら、せめて静かにしてろっ」

渡邉さんが予防接種を受けてくれた日から一週間、私の評価はふたたび地に墜ちていた。

車検日を営業部に伝え忘れたのが大きい。サンプルを抱えたおじさんたちは空っぽの駐車場を見るやいなや、レンタカー屋に走った。苦情を浴びせられた栗丸さんは、ご不満なら営業車は営業部で管理してくださいと言い放ち、私を見てつぶやいた。

「なんでこんな初歩的なミスするかな」

私にもわからない。その夜、地球の裏側にいる兄に訊いてみた。

〈お前は文字があると注意散漫になる。子供の頃は食卓にチラシがあるだけで味噌汁《みそしる》をこぼしてた〉

たしかに、コピーをしながら記事を無意識に読んでいたかもしれない。でも、

〈周りから文字を排除しろ、それで解決だ〉

というのは無理だ。会社には文字があふれている。

渡邉さんが扇子をパタパタさせて入ってきた。「冷房は七月から」という貼り紙の前

を通りながら、

「おい、紙屋、クーラーつけろ。なんだよ今日は。五月だってのに夏か？　もう夏か？」

と騒いでいる。読みたくない文字は一切読まないあの能力が羨ましい。逆らうと面倒なので私はクーラーをつけた。

「あの、渡邉さん、読書会のレポート、締切りは明日でして、その」

この会社では、半年に一度、社員全員にビジネス関連の本を配って読ませ、感想を提出させる。研修の一環で、読書会と呼ばれている。

今回配った本は、『やさしく学べる社内の人権』だった。選書をしたのは私だった。

「明日なんて無理無理。今、でかい提案の準備してるから」

「でも、渡邉さんこそ、その、あれを読むべきだと思うんですが……」

今回、社内の人権が読書会のテーマになったのは、先日の面接で渡邉さんが「結婚は？　子供は？」と応募者の女性に尋ねるという痛ましい事件を起こしたからだ。「もうマル高でしょ」とも言ったそうだ。昔は高齢出産の女性は、母子手帳に○に高のハンコが押されたのだそうだ。即座に栗丸さんが女性に謝罪したからよかったものの、

「ネットに書かれたら、社のイメージダウンになる」

栗丸さんが案じた通り、昨日の夕方には、最上製粉の旧態依然とした体質について綴

るブログ【どうしょもない私の会社を綴る】に、新しい記事が出た。

タイトルは『中高年の意識は永遠にアップデートされない』。

昼休みになるのを待って、私はスマートフォンでその記事を読んだ。

「紙屋さん（仮名）は営業部のおじさんたちに本を読ませようと躍起だ。とくに読まない渡邉さんに、本のタイトルをいくつも見せ、これなら読むと言われた最も薄い一冊を選ぶという涙ぐましい努力までした。でも裏切られた。若者の活字離れが叫ばれているが、本当に活字から離れているのは中高年だ。彼らの意識はウィンドウズ95より古いまま」

幸い会社名は伏せられている。著者が自分の身分がバレること、つまり身バレを何よりも恐れているからだ。私は試作品を並べにきたその著者に目をやった。

「榮倉ちゃん、練乳フランス、まだ固いよ。前のと違いわかんない」

渡邉さんにそう言われて、「なんで、ちゃんづけですかっ」とふざけて言っている。やり直しねと言われ、「はあい」と微笑んでいる。あんなブログを書いた人とは思えない。

「よし、メシだ」

と渡邉さんが出ていき、オフィスにいるのは私と榮倉さんだけになった。彼女は「どうぞ」と薄紙に練乳フランスを包んで私にくれた。

うすうす気づいてはいたが、榮倉さんは私の社内評価が下がると優しくなる。そして元気になる。ブログを久しぶりに更新したのも、車検事件のことを耳にしたからだろう。

「読書会の案内メール、読みましたよ」と、彼女は言う。

練乳フランスの生地をかじりはじめた私はぎくりとする。

「いい文章だと思ったけど……おじさんたちには響かなかったみたいですね」

今、一番触れられたくないことに触れてくる。

「あの、私のことをブログに書くのは、もう……」

「あ、もう読んだんですか。一週間も待たせてしまってすみませんでした」

待ってはいない。でも、自分の評価が急降下すると、榮倉さんにどう思われているかが気になりだして、ブログを開いてしまったのだ。

「あの人たちはほんっとに読みませんよ。今までの読書会だって、どんどん内容の難易度下げて、前回なんか、ほら、子供向けにニュースを解説していた人の本。三十分もあれば読めるやつにしましたよね。それでも読まないんですから」

「でも、予防接種の時は、メール読んでくれましたよ」

「あの時は、やる気のなさそうな紙屋さんが、熱い文面のメールを書いてきたのが新鮮だっただけでしょう。もう飽きられましたよ。何を書いても読まれませんって」

またもや、パン切り包丁のギザギザした刃を心にさしこまれる。

読書会の案内メールは書くのに二時間かかった。本を読むことがどれほど有意義であるかを書いた。でも渡邉さんたちは無反応だった。私を買ってくれていたのではないのか。

対して、榮倉さんの新しい記事は、すでに閲覧数二百五十。沢山の人のSNSで引用されていた。

「ま、紙屋さんが望むなら、読まれる方法、教えてもいいですけど」

「そんな方法があるんですか」

「といっても、私も……一万人、二万人って数の人に読まれてる人に比べれば、底辺レベルの文章書きですけどね」

お前はさらにその下、文章書きのピラミッドの底辺にすらいないのだ、と言われた気がした。

「だったらいいです。榮倉さんに教えてもらってもどうしようもないし」

「は」榮倉さんは眉根を歪《ゆが》める。「私ごときじゃ、って意味ですか?」

何をしても無駄だろうと言っているのだ。私は、トイレ行ってきます、と逃亡を図った。しかし、廊下から、「わははは」とよく通る笑い声がして退路を塞がれた。

榮倉さんが「お疲れさまです」とすばやく会釈する。

最上輝一郎が入ってきたのだ。最上製粉の三代目社長で、まだ三十五歳。

細い目をほとんど動かさずに、通り過ぎていく。下々のものとは軽々しく口をきかないことにしているらしい。慌てて会釈した。顔を合わせたのは面接以来だった。輝一郎はフロアの奥にある社長室からほとんど出てこない。今日も足早に社長室に入っていった。

その後を、中年の男性が追う。

「先方も、社長に会うのを楽しみにしてらして」

鉄板のように固そうな背中を丸め、満面の笑みで社長室に入っていく。さっき「わははは」と笑っていたのはこの人か。

「玄野《くろの》常務です。紙屋さんの面接にもいましたよ」

榮倉さんが小声で教えてくれる。とすると、私にマルをつけてくれた人か。栗丸さんが言っていた。……渡邉さんと常務がマル、僕と専務はバツ、と。

「工場をしきっている役員で、旧態依然おじさんの頂点にいる人です」

榮倉さんは目を伏せてパンを並べ直している。

「新人のころ、工場研修に行ったんですけど、歓迎会の後、常務にカラオケにつれていかれました。女の子はみんなデュエットさせられて、手を握られました」

私は榮倉さんの手を見た。

小麦粉の製品名を紙片に書いて、それぞれのパンの上にのせている。きれいな手だ。

どんな感触なんだろう、と思わないではない。というか、見るたびに思っている。でも、勝手に握ってよいなどとは思えない。あのセクハラ発言連発の渡邉さんだって実際には手を出さないというのに。

「ま、そんなこと、もう慣れっこです」

開発室に戻っていく椞倉さんを見送りながら、女性が会社で働くって大変なんだなと思った。椞倉さんが、ブログでは威勢良くても、会社では大人しい理由がわかってきた。常務がこれでは、おじさんたちの意識を変革するのは不可能に思えてくる。

その夜、兄にメールした。

〈会社ってこんなものなのか〉

〈そんなものだ。どこの国でも多かれ少なかれセクハラはある。ただ俺の娘が同じことをされたら許さないけどな。どんな手を使ってでも社会的に抹殺する〉

義姉のお腹の子は女の子だとわかったそうだ。兄ならやりかねない。

〈しかしお前が女のことで相談なんてな。さては好きだな、その子のこと〉

私が、椞倉さんを好き。

そうなのだろうか。少し考えた。もしそうだとしても、椞倉さんが私を好きになるなんてことは有り得ない。未来永劫ない。だったら考えても無駄ではないだろうか。

この問題はその後、何度か頭に浮上して私を悩ませたが、いつも行き着くのはそこだった。考えても無駄。そこで思考停止。この文書を書いている今も結論は出ていない。

〈男は大事な女のためなら、自分の限界を超えることができるんだ〉

熱くなっている兄のメールをとじ、榮倉さんに、余ったからと三つももらった練乳フランスを夕飯がわりにかじった。ふんわりしていて美味しかった。これのどこが固いのだろう。やり直し、と言われて「はあい」と答えていた榮倉さんを思い浮かべる。

真剣にパン種をこね、丁寧にラベルをつけていたあの柔らかそうな手を、いきなり握る。そんなことをどうして容易《たやす》く自分に許せるのだろうか。そんな玄野常務にマルをつけられた自分がいやになった。渡邉さんも頼むから本を読んでほしいと思った。


玄野常務は翌日も工場に帰らなかった。

といって、東京ではやることがほとんどないらしい。出張者用の机に座り、しきりに隣の栗丸さんに話しかけている。しかし反応が薄いので、その目はだんだん私に向く。

「紙屋くんはもう仕事覚えた？　さぞかし優秀なんでしょうねえ」

「いやいやいや……」

フロアの人の視線が痛かった。

常務が私にマルをつけたのは、渡邉さんと同じ理由なのだろうか。私が古い社是を知っていたということが、旧態依然とした中年社員たちにはそんなに響くのだろうか。

「ご謙遜。社長と私と、あの渡邉さんが評価して、ぜひにと来てもらったんだから、優秀に決まってますよ。栗丸くんもずいぶん楽になったでしょ？」

「はあ」と、栗丸さんはパソコンの画面から目を離さずに曖昧に言った。私がさっき消してしまった全社員の給料表の関数の復元は午後いっぱいかかるそうだ。

玄野常務が今回、東京に来たのは、大口の取引先である鶴屋製パンが、とうとう看板商品である餡パンを廃番にすることになったからだそうだ。

「えっ、ほんとに？」

私はつい声を出した。

「でも、あの餡パンの小麦粉は、たしか、創業者の満輝氏が、苦労して納入にこぎつけたのではなかったですか」

『最上製粉　感謝のあゆみ六十五年』に書いてあった。

終戦から五年たった頃、日本では学校給食がはじまった。パン食が一般家庭に浸透し、国民は食生活に量よりも質を求めるようになった。麦の統制が撤廃されたこともあって、製粉業界の自由競争は加速した。販売力がない製粉工場はバタバタと潰れた。

このままでは、うちも潰れる。

満輝は悩んだあげく、ベテランの技術者を招いて教えを乞うことにした。自ら機械の前に立ち、社員に指導できるレベルにまで習熟した。ついに県の品評会で一等賞をとるまでになった。満輝は絵心もあったので、自らデザインしたマークを小麦粉の袋につけ、製パン業界で名をあげていた鶴屋製パンに売りこんだ。

しかし、当時の鶴屋製パンの社長は、首をたてにふらなかったという。

「何度、門前払いを食っても、製品を持ちこみ続けたんですよね！」

「よく知ってるじゃない。ラビットスクーターっていう、アメリカ式のバイクに小麦粉を載せて、鶴屋さんの前に乗りつけたんだよな。ハイカラだった、初代は」

「日南製粉とか、日洋製粉とか、すでに食いこんでる大手と正面から勝負して、納入できることになって、でも納入した後も、何度も改良を求められたんですよね！」

私ははっとした。盛り上がってしまった。許すまじ、と思っていた人と。

栗丸さんが立ち上がり、フロアの出入り口へ向かう。午後便の回収に行ったのだ。本来は私の仕事だ。常務と喋っているので注意できなかったのだろう。

「彼は、栗丸はね、社長の手先だよ」

玄野常務が急に小声になった。

「えっ」

常務のいかつい顔からは笑みが消えていた。手先、なんて言葉を聞いたのは子供の頃に見たヒーローアニメ以来だ。

「新社長の言いなりに、社内改革だなんだと、小賢《こざか》しい策を弄して、現場の人間をがんじがらめ。役人みたいだとは思わない？」

たしかに役人のようではあるが、私にとっては、何をしても怒らない、すべてをあきらめてくれるいい上司だ。

「栗丸にとっちゃね、鶴屋さんは、帳簿上の取引先でしかない。餡パンがなくなったって、どうってことない。売掛帳が一つ減るってだけで」

玄野常務は手を組んだ。分厚く日焼けした甲に、古い大きな傷跡があるのが見えた。

「社長も同類だ」

玄野常務はさらに声をひそめる。

「ここだけの話、輝一郎さんが幼稚園の頃ね、鶴屋の餡パンなんて嫌い、なあんて言われてね。お坊ちゃん育ちだから。子供だてらにフランスの本場の固いパンがいいんだと。良輝さんは息子に甘い人だったから笑っていたけれど、満輝さんの苦労を傍で見ていた私は悔しくてね。これだから恵まれた時代の子は、と思ったものだよ」

なぜそんな話を、入社したばかりの私にするのだろう。玄野常務は言う。

「君は社長の言いなりにはなるなよ」

話が重たくなってきた。私は、そろそろ喫煙室に行かないと、と逃げ出した。

喫煙室は二畳くらいしかなく、狭苦しかった。煙で真っ白だ。しかも、ちょうど渡邉さんがいて、「玄野のオッサンに捉まってたな」とにやにやしながら言ってきた。

「……あの、常務は、社長が嫌いなんでしょうか」

「輝一郎を好きな奴なんかいるかよ」

渡邉さんは煙を吐きだしながら、私が回収している喫煙室の入退室記録を顎でさす。

「あれだってあいつの発案だぜ。煙草くらい自由に吸わせろっつうの。子供の頃から、ケツの穴がちっちゃい奴だったよ」

「あ、でも、これは、社員の健康のために」

「違うって。夜な夜なめくって、誰がサボってるか、チェックしてんだって」

さすがにそれは邪推ではと思ったが言えなかった。

「みなさん、社長のこと、小さい頃から知ってるんですね」

「そりゃそうよ」

渡邉さんはもう一本に火をつけながら話してくれた。

先代の奥さんが懇親会などで会社に来た時、輝一郎の子守をするのは若手社員の役目だったそうだ。人見知りをする子で、よく泣いたらしい。

「こんなメソメソしたやつが会社を継ぐのかって、げんなりしてたよ」

子供の頃から社員たちにそんな目で見られてしまうものなのか。なんだか同情心が湧いてきた。私なら必ず社員の期待にそむく自信がある。

しかし、うちの兄のように期待にきっちり応えてしまう人間もいるから厄介なのだ。

昨日もテレビをつけたら、兄がビジネス番組に出ていた。グローバルな建設会社の若手ホープとしてとりあげられ、子供の頃から高い所が好きでした、と精悍《せいかん》な顔で答えていた。

「しかも、輝一郎、アニメとか見るらしいぞ。だからダメなんだよ」

「渡邉さん、それは偏見です。私もアニメ見ますし」

「やっぱりダメじゃねえか」

「……あの、そういえば読書会のレポートはどうなったんでしょうか」

締切りは明日だ。でも渡邉さんは聞いていない。

「プライドの高いキイちゃんからしたらさ、オムツはいてビービー泣いてた頃から知ってる古参社員なんか煙たいだけだろうなあ」

キイちゃんとは、輝一郎の子供の頃の愛称だそうだ。

最終面接で社史を読んだと言った私に、輝一郎は言っていた。あれを読むといい会社に思えるよね、と。二代目の良輝が急逝などしなければ、輝一郎が社長になる頃には古参社員はみな定年を迎えていたはずだったのだろう。

そして、渡邉さんは読書会の話題はあくまで聞かないふりをするつもりらしい。

その日の夕方、栗丸さんは「東京本社各位」宛にメールを送信した。

「読書会のレポートを提出しなかった場合、査定の評価に影響することもあります。締切りを明日まで延長しますので、必ず出してください。以上。総務部」

すぐに渡邉さんが抗議しにやってきた。

「栗丸、お前、管理主義の権化みたいなやつだな」

「管理せざるを得ないようにしてるのはそっちです」

いつもの口論が始まる。渡邉さんはどんな理屈をこねても読みたくないし、栗丸さんはそれならもっと厳しい措置を検討するの一点張りだ。他のおじさんたちは、「また始まった」と、含み笑いをしていたが、私は落ち着かなかった。

会社とは、みんなで一丸となってよい製品を作っている所なのだと思っていた。こんな小さなことで揉《も》めてばかりいていいのだろうか。私がもっと早く渡邉さんを説得できていれば、と暗い気分になる。

「こうなったらもう絶対読まねえからな！」

渡邉さんは捨て台詞《ぜりふ》を吐いて、営業部へ戻っていく。これから打ち合わせだそうだ。鶴屋、と聞こえた。常務と一緒に行くのかもしれない。

私は栗丸さんの席に寄っていった。

「あの……査定に影響っていうのは、さすがにやりすぎでは」

どの世代にも、本を読むことに興味がない人はいる。榮倉さんは活字離れしているのは中高年のほうだと書いていたが、うちの兄は漫画すら読まない。それでもサウジアラビアに巨大なビルを建てている。

「本なんか読まなくたって、仕事さえできれば、それでいいんじゃないでしょうか」

私だって、職場でみんなに頼られ、きれいな奥さんがいて、休日は子供と遊ぶのに忙しかったら、本なんて読まないかもしれない。いや逆か。活字中毒でなく、きちんと仕事に集中できていれば、そういう生活を送れていたのかもしれない。

栗丸さんは眼鏡を拭いてかけ直す。

「でも、このままじゃ、渡邉さんのセクハラも続くよ。昔は廊下ですれ違った女の子の胸を揉んでもよかったのに、なんて豪語する人だからね」

言い返す言葉もなかった。同じ国の話なのだろうか。

どうしても読まなかった時のために、栗丸さんは私に本の内容をまとめた要約レポートを作るよう言った。

「万が一、セクハラ面接の件が外に漏れた時に、指導はしていたという証拠が必要なんだ」

またそれか。それが栗丸さんにとっての文書主義なのか。

でも、私はとりかかった。すでに本は読み終わったが、レポートにするならまた頭から読まなければならない。勤務中に堂々と本を読んでいいなんて最高だった。

夕方までかかって書いた。分量は短く、一枚にまとめた。文字も大きめ。行も少なめ。それでも面白く読めるように書いた。なかなかの自信作だ。

結局、渡邉さんを含む五人のおじさんが読書会のレポートの締切りを破り、私は要約レポートを渡邉さんの回覧ボックスに入れた。ここに置かれた書類は読み終わったら、表紙の右上の欄に認め印を押し、次に回すルールになっている。認め印が五つ押されて戻ってくるのを私は待ち侘《わ》びた。

でも、三日経っても、要約レポートは渡邉さんのボックスから動かなかった。早く回覧してほしい旨を伝えに行くと、渡邉さんは言った。

「読む。読む読む。そのうち読むから」

「そのうちとは」

渡邉さんは客先からのファックスを見つめながら、追っ払うように手を振った。

「そのうちつったら、そのうちだよ」

その日の夕方、私はがっかりしながら、会社から駅までの道をたどった。古びた商店街を、ママチャリに乗ったお年寄りがふらふらしながら走っている。下町らしい、懐かしくて、ほっとする風景だ。

社史にも古き良き時代の写真がたくさん載っていた。でも、あれはおじさんたちの美しい記憶だけを集めた歴史だったのかもしれない。女性社員の胸を揉んでいる写真はそこには載っていない。うちの父も昔はやっていたのかなとちらりと思う。想像もしたくない。

「あ、紙屋さん、お疲れさまでした」

うしろから、榮倉さんが追いかけてきた。

「ちょっと待ってください。なんでそんなに歩くのが速いんですか?」

「お腹がすいているので」今は一人でゆっくり考えたかった。

「じゃあ、あそこでコロッケ食べません?」

コロッケなんて食べたって、渡邉さんは読んでくれない。

「あそこの肉屋さんが一番美味しいんです。行きましょう」

優しくされるのは惨めだった。かといって無視するほどの勇気もなかった。

私はメンチにした。コロッケを勧めたのになんでメンチなんですか、と榮倉さんは不満げだったが、落ちこんだ時は肉を食え、と兄に言われたことがあるのだ。店の前のベンチに座り、火傷《やけど》しそうに熱いメンチを、白い紙の袋から少しずつ出して食べる。女の人に何か食べようと誘われたのは初めてだな、とふと考え、にわかに緊張してきた。

「あの、これ、参考になるかと思って」

榮倉さんが鞄から紙を出した。私の要約レポートだった。しかし、よく見ると微妙に内容が違っている。

「文章も内容も悪くない。でも見出しが弱いんですよね。そこさえ変えれば読んでもらえると思いますよ。それは、私がちょっと手を入れた版です」

榮倉さんは半分得意げで、半分照れくさそうだった。

私は要約レポートを見た。『女性社員を尊重する会社は強い』という私がつけた見出しは、次のように変わっていた。

『女性社員の人権を無視し続けたおじさんたちの末路』

私はしばらく黙っていたが、思い切って言った。

「あの、榮倉さんは、なにがしたいんでしょう」

「え?」

「この新しい見出しって、その、渡邉さんを叩いてますよね」

「あ、それは、心をザワつかせることが大事なので。私のブログではこういう見出しのほうが、引きがいいというか、ウケるんですよ」

「それは、渡邉さんみたいなおじさんを叩きたい人が、榮倉さんのブログに来るからですよね。喜んで読むのは、そういう層だけなんじゃないですか」

顔の見えない人にウケるために、榮倉さんが研いで磨いた言葉は鋭くなりすぎている。

「私は渡邉さんにちゃんとわかってほしいんです」

私は榮倉さんに紙を返した。会社は生身の人間のいる所だ。そして言葉は書き手が思っている以上に読み手の心に響くものだと思う。査定に影響が出るとか、地獄に落ちるとか、脅すようなことを自分の言葉として書きたくなかった。

そういう言葉なら、私はこれまでの職場でさんざん浴びてきた。それで仕事ができるようになったことは一度もなかった。

「でも、渡邉さんはどうせ読まないでしょう。紙屋さんがこれだけやっても、こんなレポート作っても、それでも読まないでしょう」

だったら、榮倉さんはなぜこんなことをするのだろう。回覧ボックスからこっそり紙の要約レポートをとって、パソコン上にわざわざ写して、そこまで時間を費やして書いた言葉が「おじさんたちの末路」でいいのか。榮倉さんの手にそんな底意地の悪い言葉を書かせた、渡邉さんや玄野常務にも腹が立っていた。

「必ず、読んでもらいますから」

見通しはなかった。でも私は言った。

「私は、文章の力で、この会社でやっていくって、そう決めたんですから」

榮倉さんはその紙を、コロッケの包み紙と一緒にゴミ箱に捨てた。すっくと立ち、商店街の雑踏に交じっていく彼女の背中は、いつもより細くて頼りなかった。

翌日から、私は渡邉さんの観察に集中した。仕事は放っておく。どうせ私がしっちゃかめっちゃかにした後、栗丸さんがやり直すのだ。だったら最初からやらないほうがいい。

一つわかったのは、渡邉さんも文字は読むということだ。

パスタ欠品のお知らせ。お好み焼き粉の回収のお詫び。客先からどっさり届くファックスは、目を皿のようにして読んでいる。自分の仕事に必要となれば必死で読むのだ。

ただ、その発見をどう生かしたらいいのか。

栗丸さんがさっきから私を見ている。仕事をしないならせめて常務の相手をしてくれと言いたいのだろう。玄野常務はまだ東京にいる。しかたなく観察を中断して、机に戻る私を、渡邉さんが追ってきた。と思ったら、追い抜かされた。

「常務、今度、鶴屋にうかがう際に連れてってもらえませんかしら?」

あれが揉み手というものか。ドラマ以外で初めて見た。

「渡邉くんは餡パンのチームじゃないでしょ」

「実は鶴屋の餡パンの件で、新規提案をしたいと考えていまして。ただ、どうも埒《らち》があかなくなりまして、トップから入りこめないかと……」

「そりゃ無理よ」

玄野常務は笑った。

「社長は厄介ごとがお嫌いだから。それに、せっかく鶴屋さんとの長い歴史を終わらせようって時に、今さら新規でどうこうだなんて、場を乱されるのはねえ」

「ええ、わかってますが、いい提案がありまして」

渡邉さんは脇に抱えていた営業資料を出した。しかし、玄野常務は見ずに席を立った。

逃げ出すように見えた。常務がオフィスを出ていくや否や、

「……ちっ、いざとなったら社長のせいにすんだからな」

渡邉さんはふてぶてしい態度に戻る。

「どう思う？ 栗丸さんよ。鶴屋と切れて、うちの会社は大丈夫なの」

「取り引き額も年々、減ってましたし、別にどうってことないのでは」

「社長みたいなけったくそ悪い言い方しやがって。常務といい、むこうの部長といい、
せめて資料だけでも読めってんだ」

渡邉さんは営業資料を玄野常務の机に叩きつけ、営業部に戻っていく。渡邉さんでも、
自分の文章を読んでもらえないのは悔しいものなのか。

読みたい、と思った。渡邉さんはどんな資料を書いたのだろう。栗丸さんの目を盗ん
で引き寄せる。常務がいなくなったのをいいことに目を通す。最初は調査データばかり
で目がさまよった。でも、

「食べるたびに、父や母と帰りながら見上げた建設途中の東京タワーを思い出します」

「銀ブラに行くと必ずお土産に買ったものです」

などという、鶴屋の餡パンを愛する人たちの感想を読むのは楽しかった。久しぶりに食べたくなった。

しかし、提案の内容に入ると急に、読みづらくなった。

「ブランド力を最大限生かした」とか「最上級の商品を」とか「最高級の」とか、とにかく「最」が多い。「最」のインフレ状態だ。どれがほんとに「最」なのかわからない。それと文章がダラダラと長い。これなんか三つに分けたほうがいい。あと、ここここは同じことを繰り返して言っている……。

私は赤ペンで修正を入れはじめた。こんなもの、よく人に見せられる。渡邉さんは推《すい》敲《こう》という言葉を知らないのだろうか。

紙屋くん、と栗丸さんに呼ばれた。顔を上げると、渡邉さんが横にいた。

「人に見せられない文章で悪かったな」

「紙屋さん、思ってること、全部口に出てたよ」栗丸さんがおかしそうに言った。

私は覚悟を決めた。というか、この状況でそれ以外にできることはない。

「渡邉さん、この資料、僕が書き直してもいいですか」

「はあ？　お前、総務だろう。営業でもないのに出しゃばんじゃねえよ」

それを聞いて、栗丸さんが、吹きだしそうになっている。今までさんざん、営業の電話をとれだの、営業車の管理をしろだの言ってきたくせに、と思っているのだろう。

「内容はこのままで、文章だけ読みやすくします。したいです」

「あのさ、小説じゃないんだからさ。営業の資料なんて、内容さえよけりゃいいんだよ。あーあー、こんなにしちゃって。プリントし直しだな。真っ赤じゃねえか」

ここまで来たら全部言うしかない。

「たとえ内容がよかったとしても、これ読まされるのかなり苦痛ですよ。中学生レベルの文章力というか、内容がまったくと言っていいほど頭に入ってこない」

渡邉さんは傷ついた顔になったが、こらえかねた栗丸さんがクスッと笑ったのがいけなかった。総務部への怒りが一気に噴き出したようで、

「ちょっと顔かせ」

と、首根っこを掴まれた。五分後に定時だったことが災いし、そのまま いつもの居酒屋に連行された。そこからは延々、私の物まねを聞かされることになった。かなり苦痛ですう、と渡邉さんが特にムカついた台詞を繰り返しやられる。

「渡邉さんをコケにするなんて、紙屋くんもやるなあ」

後から合流した他のおじさんたちは、エイヒレを千切《ちぎ》りながら笑っている。渡邉さんは物まねに飽きると焼酎を飲みはじめたが、目は私に据えられていた。

「紙屋、お前なら、あれ、読ませられんのか」

「いえっ、読ませる、じゃなくて、読みやすくしますと言ったんです」

読ませる、なんて自信は、他でもない渡邉さんのせいで粉々になっている。渡邉さんはマドラーで氷を突つきまわしながら言った。

「読まないんだよ。読んでくんないんだよ。困ってんだよ」

「常務がですか」

「あんな役立たずのオッサンはどうでもいいの。鶴屋の商品部の部長がだよ。何度提案しても門前払い。試作品もまだ見せられてない」

「なあ、榮倉ちゃんが頑張ってくれてんのになあ……」

他のおじさんがエイヒレを渡邉さんの口にくわえさせている。前から思っていたが、この会社の営業部は男子校のようだ。加齢臭漂う不良男子たちだ。

「じゃあ、榮倉さんが今試作しているパンはこの提案のためなんですか」

「そうだよ。練乳フランスも、明太子フランスも、そう」

そもそもこの提案は、鶴屋製パンの若い担当者から持ちかけられたものなのだそうだ。おじさんたちによれば、水も滴《したた》るいい男であるらしいその担当者には、ほとばしる熱意があり、鶴屋製パンの餡パンを再生させたいと言ってきたのだという。

「最上製粉さんとやることに意義があるんです、と言ってくれてさあ」

営業のおじさんたち全員が彼にほだされてしまったらしい。

同じような男を知っている。私は烏龍茶《ウーロンちゃ》をゴクリと飲んだ。兄だ。包容力があって、人たらしで、男が惚《ほ》れる男。もちろん、女にもモテる。

しかし、おじさんたちが惚れこんだその担当者は、春の人事異動であっさり海外に行ってしまった。引き継いだ新しい担当者は、前任者とは正反対の人物で、渡邉さんが言うには、「お前みたいなやつ」なんだそうだ。

「仕事ができないってことですか」

「いや、お前と違って仕事はできるのよ。でも提案を上に通すとなると、今回も却下でした、ばっかりでさ。むこうの上司、怖いしな、できればもうプレゼンなんかしたくないなーとか思ってんだろうな」

「しかし、なぜ却下なんだろな」

と、他のおじさんがつぶやいた。

「それを言わないのよ！」渡邉さんが煙草に火をつける。「だから五里霧中。うちの本部長も、そろそろあきらめたらって言い出してて、ヤバいね」

このままだと鶴屋製パンとのつきあいは切れてしまうということか。社史を読んだだけで、長い歴史に自分が立ち会ったわけでもないのに、なんだか寂しかった。

「だからさ、文章だけ直せば通るって話でもないのよ」

帰りの電車はまた渡邉さんの終電係を命じられた。でも、必ず電話をしそびれるという自信があるので、きっぱり断った。そろそろ私の降りる駅につくという時、渡邉さんはどろんとした目で言った。

「紙屋、さっきの、鶴屋だめかもって話、お前から栄倉ちゃんにしといて」

「いやです」と言うと、渡邉さんは抱きついてきた。

「栄倉ちゃん、粘り強く改良してくれて、いいものできたのに、ここであきらめる、なんてひどいこと言えない。お前が口を滑らせたテイで言え」

「栄倉さんを直接褒めるのが、そんなに恥ずかしいんですか」

「だって彼女インテリだしマジメじゃない。俺も営業のプロだからさ、お前みたいなどうでもいい奴相手なら息を吐くように褒められるんだけど、彼女だけはだめだ。よしっ、わかったっ。あの資料、書き直させてやる。特別だぞ？　だから口を滑らせろ」

セクハラまがいのことを言うのは照れ隠しだったのか。完全にやり方を間違えている。

マンションに戻り、私は預かった営業資料を開いた。

渡邉さんから許可されたのをいいことに、赤を入れる作業を再開する。営業のおじさんたちと、水も滴るむこうの前任者が作っていた提案のタイトルは、

『鶴屋の餡パンの再生と高齢者向けブランドの起《た》ちあげ』

というものだった。文章はひどいが、提案の内容は面白い。私のような、と言われている新担当者はこの企画を頑張って実現させたいとは思わないのだろうか。

だいたい、私のようなって、どういう意味だろう。

仕事ができるのに、私みたいなって。やる気がないということだろうか。

いや、深く考えるのはやめておこう。私の役目は資料を読みやすくすることだけだ。

しかし、文章を読みやすくするだけで提案が通るものだろうか。私はそのような会議に出たことがない。そこでペンを置き、兄にメールを送った。

〈どんな風にプレゼンすれば提案って通るの？〉

返事はなかなか来なかった。

提案の決定権を持つ鶴屋製パンの商品部長は怖い人だ、と渡邉さんは言っていた。昔気質《かたぎ》で、餡パンの開発を長年していた人なのだと。だから、うちの社長と一緒で、餡パン事業を美しく終わらせたいと思っている。無理に再生などさせて、失敗した日には栄光の歴史に傷がつく、だから新規の提案資料を積極的に読む気はないのだろう、と。

スマートフォンが鳴った。兄からの返事だった。

〈トークで相手をたらしこめ。それだけでいい〉

思わず溜め息が出た。

兄は自分ができることは他人にもできると思っているのだ。小さい時から兄がまぶしかった。まぶしくて、いつも言えなかった。あなたの弟にはそれができないのだと。

――できればもうプレゼンしたくないなーとか思ってんだろうな。

渡邉さんが新しい担当者を評して言った言葉が頭に浮かんだ。

おじさんたちは前任者を褒めちぎっていた。兄のような人たらしの男。対して、後任者は「お前みたいなやつ」だと言う。そこで気づいた。

私のような、ってそういうことか。

私は鶴屋の公式サイトを開いた。

都合のいいことに、社史がデジタル化されていて、サイト上で読めるようになっていた。最上製粉に小麦粉を納入するまでの苦労があったように、鶴屋にも餡パンを売り出すまでの物語があったはずだ。それを私は読んだ。一気に引きこまれていった。

翌日の朝、私は紙の束を抱えて渡邉さんの机まで行った。

「書き直してきました」

「はいはい、少しは読みやすくなりましたかね」

渡邉さんは二日酔いでけだるそうだ。

「いえ、読みやすく、ではなく、読まずにはいられないように書いてきました」

私は椅子を引き寄せて、渡邉さんの正面に座った。

「……結果、全部書き直すことになっちゃいました」

いつもは渡邉さんの前に出ると、萎縮して口籠もることが多い。しかし今日は、一晩中書いていた熱が頭に渦巻いていて、緊張するどころではなかった。

「え、全部? 全部って?」

「こっちじゃ、通らないと思ったので」

渡邉さんの前に、渡邉さんが書いたほうの営業資料を押し出す。

「前半は調査の分析結果。後半はいきなり提案内容。こんな単純な構成で資料を作るのは、渡邉さんが、喋りに自信があるからですよね。場の空気を読んで、臨機応変に話を回して、最後は情熱で押し切る」

「まあ、そうね」

「……でも私には無理です。会議室で緊張したら最後、まず前半の分析結果をすべて愚直に読み上げてしまいます。そのうち、みんな退屈してイライラしはじめ、その空気を察知してますます喋れなくなる」

この会社の入社面接での私がそうだった。

「後任の担当者もそういうタイプなんじゃないですか? 仕事はそこそこできるかもしれないけど、人前で喋るのはだめ」

「まあ、そうね。質問されたらすぐフリーズするし、ほんと、お前みたいなやつだよ」

「でも、提案を通すのはその人ですよね? 渡邉さんじゃなく。だから通らないんです。喋りのうまい人用の資料じゃだめで、喋りが下手な人用の資料を書かなきゃいけなかったんです。……なので、読み上げるだけでいいように書いてきました」

私は新しい営業資料を渡邉さんの前に出し、表紙をめくった。一ページ目には大きな文字で、

〈若者層の大半が鶴屋の餡パンの味は古くさいと回答。やはり廃番が妥当か〉

と書いてある。

「まずは、商品部長の心をザワつかせる話を持ってきて興味を喚起します」

榮倉さんに教わった方法だ。まず引きを強くすることが大事。

「後で、この文字の下に、裏付けになるグラフを貼っといてもらえますか。私、エクセルが、ちょっと苦手で……」

「いいから次をめくれ。しかし、の後は何なんだ」

渡邉さんはいらいらと言う。手応えありだ。

鶴屋の餡パンを育てたという自負のある世代のおじさんたちは「古くさい」と言われるとカチンとくるのだ。玄野常務もそうだった。そこで二ページ目を持ってくる。

〈しかし、年配の人たちにとっては、鶴屋の餡パンは今でも特別な味〉

その文字の下には、建設途中の東京タワーや銀ブラのお土産など、鶴屋の餡パンを愛する人たちの古き良き思い出を載せてある。ここで商品部長は思うはずだ。ならば、なぜ売り上げが落ちたのかと。

そこで、水も滴る前任者が行ったモニター調査の結果を出す。

〈しかし、嚙んだり飲みこんだりする力が落ちた高齢者は、いつしか鶴屋の餡パンを食べることをあきらめていた〉

若者ウケを狙って弾力のある生地に改良していたことが仇となっていたのだ。柔らかく溶けやすい生地にすれば、また食べてもらえるはず、と前任者は踏んでいた。

〈鶴屋の餡パンを愛してくれた世代の人たちに最後まで寄り添う、そんなパンのラインナップが今、必要とされている〉

チーズデニッシュ、練乳フランスなど、種類を豊富にして、介護施設や宅食サービス業者からの大口注文も受けていくという、新担当者が考えたというプランをここで紹介する。

「最後はこちらの情熱で押すのではなく、むこうの、商品部長の情を揺さぶります」

私はページをめくる。

餡パンを初めて売りだした店舗。自転車でいっせいに配達に行く社員。お土産用に包装された餡パンを嬉しそうに抱えて帰る客。ページいっぱいに貼った古い写真は、デジタル社史から拝借したものだ。

戦後、粗悪なパンが出回る中、鶴屋の社員たちはハレの日に食べたくなるような美味しい餡パンをめざして、日夜、開発を続けた。

〈鶴屋の餡パンの歴史を、たとえ先輩たちはあきらめても、私たち若手社員は終わらせ

たくない〉

最上製粉の初代社長、満輝がラビットスクーターの荷台に自信作の小麦粉を積んで鶴屋に乗りこんだのは、そんな試行錯誤の最中だった。

〈ともに歩んできた最上製粉とともに、餡パンシリーズを再生すれば、強いブランドストーリーになる〉

榮倉さんの試作品の写真を載せる。筋力が衰えた手でもちぎりやすく、美味しさにこれまで以上にこだわった餡パン。いくつもの粉を試してたどりついたという、新規プロジェクトの商品ラインナップだ。

「この大きな文字を読み上げるだけでプレゼンは成立します。調査の詳しい概要とか、細かいデータとかは、巻末に〈資料編〉として付けて、あとでじっくり読んでもらえればいいと思います。それなら喋りのボロが出る前にプレゼンは終わります。どうでしょう？」

私は顔を上げた。渡邉さんはしかめっ面だ。

「いや、まさに俺の言いたいことを書いてくれてはいるけどさ。いちいち大きい文字で書かなくたって、トークの腕を磨いて、相手をたらしこめばいい話じゃねえの？」

口から生まれてきた人はこれだから。

「どんなに頑張ったって、できない人にはできないんですよ」

自分の声がフロアに反響する。はっとして私は声を小さくした。

「とにかく、これを後任の担当者に渡してください。それで、商品部長がちゃんと読んでくれたら、その時は」

私は回覧ボックスに目をやった。認め印が一つもついていないレポートがまだある。

「渡邉さんも、私の書いたそれ、ちゃんと読んでください。榮倉さんへの接し方が完全に間違ってるってことが、読めばわかりますから」

「ああ？　誰が間違ってるって？」

渡邉さんは威嚇するように言うと席を立った。

でも私の作り直した新しい提案資料だけはしっかり摑んでいった。

頑張れ、と私は遠ざかっていく紙の束を見つめてエールを送る。

本を読まない人はたくさんいる。でも人が文字を読まなくなったわけではない。自分が大事にしているものについて書いてある文書ならば、皆、真剣に読むのだ。

それから三日後、私はまた新聞をコピーしていた。

これは文字風の模様が描かれているただの紙なのだと心で唱えながら、原稿台に置き、そっとカバーをしめた時、バン！　とコピー機を叩いた手があった。

「あ」

手はちょうどボタンの列に当たり、二十三部、カラーで、勝手にコピーがはじまる。大量に消費されていく用紙とトナー。うろたえている私に、榮倉さんは言った。

「提案資料、むこうの商品部長が読んでくれたそうです」

「え、ほんとに？」

コピー機を止めようと慌てていた私は顔を上げた。榮倉さんは喜んでいない。

「またもや、紙屋さんの文章力がおじさんたちを動かしたってわけですね」

目が怖かった。

「良かったじゃないですか。また私に勝てて」

「あっ、榮倉ちゃん、こんなとこにいた。来週、試作品持ってくことになったよ」

やってきた渡邉さんに、榮倉さんは「なんで、ちゃんづけ」と苦笑いしつつも、

「頑張りますっ」

と、可愛らしく拳を握り、廊下に出ていった。追いかけていって釈明したかった。榮倉さんを負かすためにあの提案資料を作ったわけではないのだと。

でも渡邉さんが「おお、紙屋くん」と肩を組んでくる。

「しかたないから、あの本読むよ。一日一ページずつな」

「ペースが遅すぎます」

「あ、シャチョー！」

渡邉さんは上機嫌で社長室に向かって手を振っている。

「常務から話聞かれました？　うまくいけば鶴屋さんとまた長いつきあいになります」

社長室から出てきた輝一郎は、渡邉さんに「そうですか」と素っ気なく答え、廊下に出ていった。気のせいだろうか。輝一郎の目にも怒りが滲んでいたように思えた。

その日の帰り、肉屋の前で足が止まった。

どっちにしようか考えたあげく、榮倉さんおすすめのコロッケを頼んだ。一人で食べるコロッケは胸に詰まった。食べ終わるまでの時間をもてあまし、スマートフォンで榮倉さんのブログを開いた。

新しい記事がアップされていた。

『私の読ませる技術を盗んでまで文章を認められたいらしい紙屋さん』

サクサクした衣が、喉にひっかかった。最後まで読まなくても予想がついた。

心をザワつかせるテクニックはたしかに使った。でも盗んだわけではない。榮倉さんが教えてくれたのだ。

渡邉さんに本を読ませるために努力したのも、資料を作り直したのも、榮倉さんのためだ。そういう気持ちは少しも汲《く》んでくれないのか。榮倉さんの試作品がなければ提案は通らなかった。そこでもう勝っているではないか。文章でも勝たなければダメなのか。

〈女の人って、なんで何やっても怒るの？〉

兄にメールするとすぐ返事が来た。

〈なんで怒られてるかを男が考えないからじゃないか。俺は怒られたことないけど〉

兄らしいムカつく返事だった。

〈でも、お前とそういう話ができるようになって嬉しい〉

地球の裏側にいる兄とメールを送り合いながら、コロッケを食べた。やっぱりメンチにすべきだった。落ちこんだ時は肉だ。夕飯に買って帰ろうと私は立ち上がった。

第三話　さようなら、紙の文書

最上製粉という社名の入った、自分の背の半分ほどの大きさの紙袋を開く。機械に設置する。足でレバーを押す。小麦粉が充塡《じゅうてん》される。秤《はかり》の表示が三十キロになったところでレバーを離す……はずだったのだが、あ、と叫ぶ間もなくいっぱいになり、あふれた。

「紙屋さん、休憩しようか」

製粉工場の角谷《かどたに》さんの声が響く。

「あの、ほんとに何度もすみません……」

と謝ると、工員たちは笑顔で口々に言った。

「いいの、いいの」

「本社で頑張ってくれればいいんだから」

頼むから工場には配属されてくれるなと思っているのだろう。

全員で掃除がはじまる。床の粉をかき集め、丁寧に拭き掃除までしている様子を、邪魔にならないように壁にぴったりくっついて眺める。

私は研修で、近畿の沿岸地区にある最上製粉の工場に来ていた。

過酷な十日間だった。最も辛かったのはサイロ研修だ。炎天下、接岸する船の底に溜まった小麦を掃き集めてサイロから伸びるホースに吸わせる作業は、ひ弱な都会生活者に耐えられるものではなかった。

いや、もっときつかったのは室温四十度のパスタ工場か。十五分ごとにクーラーのある執務室に避難させてもらったが、それでも長袖長ズボン、ヘルメットと防護靴という姿で立っているだけで汗だくになった。一日で三キロ体重が減った。

今いる製粉工場もきつい。できあがった小麦粉を袋詰めし、積み上げていくのだが、三十キロもの荷物を持ちあげたことなど私にはなかった。午前中だけで全身筋肉痛だ。

休憩といっても椅子はない。母と年の近いおばさん工員たちが、いとも簡単に小麦粉の袋をかつぎあげているのを朦朧《もうろう》としながら眺める。

『最上製粉　感謝のあゆみ六十五年』の写真で見た工場。

あそこに行けると知った時は気持ちが昂《たかぶ》った。しかし、工場勤務がこんなにも肉体を酷使するものだとまでは社史には書いていなかった。搬出口を見ると、誰かが置いたらしき缶詰に猫が頭を突っこんでいる。気楽で羨ましい。

「紙屋さん、お昼行こうか」

角谷さんが来た。

年齢は五十歳くらい。廊下も直角に曲がる実直な人なので、ここでは角谷さんという仮名で書くことにする。食堂に並ぶ列につくと、角谷さんはヘルメットを脱いで掲示板を見た。安全標語募集、という総務部の貼り紙がしてある。

「これ、毎年応募してるんだよね。選ばれたことないけど……。入選するとポスターにして工場に貼ってもらえるんだよ」

角谷さんは私が総務部であることを思い出したらしく、白髪まじりの頭を掻《か》いた。

「別に選ばれなくてもいいんだけどね。標語を考えて安全への意識が高まれば事故防止になる。それが目的なんだから」

事故防止。その言葉を、ここに来てから耳にタコができるくらい聞かされた。飽き飽きした、という顔を私はしていたのだろう。角谷さんがまじめな顔で言った。

「粉塵《ふんじん》爆発の事故があったんだよ。もう二十八年も前にね」

もちろん社史で読んで知っている。

鶴屋製パンに小麦粉をおさめるようになって、最上製粉の経営は軌道に乗った。満輝は大決断をして、新システムの工場を建て、生産量を飛躍的に増やした。

そして同年、最上製粉は新工場と同じくらい、いやそれ以上の宝を得る。二代目が生まれたのだ。良輝と名付けられたその子は、日本経済とともに順調にすくすく育ち、最上製粉に入社。最初の八年は工場で働き、三十歳で営業部に異動。父親譲りの才覚で頭角を現しつつあった。そんな順風満帆の年に事故は起きた。

「僕は入社したばかりで、そこに火があがるのを見たんだ」

角谷さんは窓の外の草地を指さした。二十八年前まで、そこには古い製粉工場があったという。事故で焼失した後、工場は現在の場所に建て直された。

「小麦粉って爆発するものなんですね」

どこの家庭でも使われている身近な食品。あんな細かいものが、巨大で堅牢《けんろう》な工場を吹き飛ばすだけの力があるとは、いまだに信じがたかった。

一定の濃度で浮遊する粉塵に火花が引火すると起こるのだそうだ。座学の講師を務めた年配の工場長は、角谷さんと同じく、古い製粉工場の方角を見て、私も当時あの工場で働いていたんですよ、と言った。しかし、事故の詳細までは語らなかった。

社史でも、事故の顚末《てんまつ》はわずか十行にまとめられていた。工場は全焼。原料も出荷前の製品も失い、多大な損失が出たこと。そのくらいだ。

「うん、なかなかつきあうのが厄介だよ、小麦粉は」

角谷さんはマスクをはずしている。気管から粉が入ると、小麦粉アレルギーになるので工員はみな高機能なものを着用している。角谷さんも事故のことはあまり思い出したくなさそうだったが、私が知りたがっていると思ったのだろう。再び口を開いた。

「あ、ほら、営業の渡邉さん、彼も事故に居合わせてるよ。君と同じく、東京から工場研修に来てたんだよ。彼は高卒で入ったから四年目。僕と同じ二十二歳で、若かったよな」

渡邉さんから事故の話など聞いたことがない。

「じゃあ、火事も見てたんですか」

「うん、まあ、いや、見てた、っていうか……」

その時、工場跡地の草地から細い煙が上がった。

「なんですか、あれ。もしや事故ですか？」

「いやいや、小さい焼却炉があって、総務部が燃えるゴミを焼いてるんだよ」

そういえば、今夜はこっちの総務部が飲み会を開いてくれるのだった。夜も知らない人たちと会話しなければならないのかと思うと、気が重くなった。

昼食を終えると、角谷さんは「煙草」と立ち上がった。社長の最上輝一郎の進める「全面禁煙化」によって、工場の喫煙室は敷地の隅に移動させられている。行って帰ってくるのに五分はかかるんだ、と角谷さんは苦笑いしていた。

東京本社に帰ってきた私を、栗丸さんは憂鬱そうに迎えた。

「工場勤務が実は紙屋くんには合ってた、って展開を期待してたんだけどな」

二度とよこすなという連絡でも受けたのだろう。申し訳ない気持ちになる。

「君にはもう文章だけ書いててもらおうって決めた。これ応募しておいてくれる？」

渡された紙には、総務部主催の安全標語コンテストの概要が書いてある。

「応募、ですか。あの、募集する側ではなく？」

「数が少ないとコンテストとして格好つかないから。総務部みんなで一つずつ応募する」

つまり応募数の水増しか。文章力を買われたわけではないのか。

「君は他の仕事しないんだから、五つか六つは応募してね」

入選すれば最優秀賞三千円。優秀賞二千円。佳作はパスタ一キロだそうだ。

「頑張ります」と、私はうなずいた。

どうせなら優秀賞以上を狙いたい。区の読書感想文コンクールで佳作。それが私の文章がもらった最高評価だ。それ以下の結果に終わるのはいやだった。

「紙屋くん、この前自分で言ってたよね。ミスをするのは、文字を見ると注意散漫になるからって。工場には文字あったの？」

私はしばし考えた。ほとんどなかった。壁に安全標語。段ボールには商品名。そのくらいだ。小麦粉を充填していた時は紙袋の社名しか見えなかった。

「文字は関係なくてさ、興味のないことは脳が拒否するだけなんじゃないの」

そう言われると、自分が浅ましく思えてくる。小麦粉アレルギーになってまで働いている工員たちがいるというのに、私はクーラーの効いたオフィスで椅子に座って、ちょっとだけ文章を書いて、給料をもらっている。

「紙屋くんに工場研修なんて経費の無駄だって僕は言ったんだよな……」

栗丸さんにつぶやかれ、焦りが湧いた。せめて工場での経験を生かして安全標語で最優秀賞をとらなければと思った。

しかし「安全」とは何なのか。午前中いっぱいかかって安全衛生の本を読んでみたが、わかったことは、どのような業種、業態においても、百パーセント安全などという状態は存在し得ないということだった。そうなのか。少し怖くなる。

でも、だからこそ、こうやって社員に安全標語を作らせ、緊張感を保たせ、危険状態をできるだけ低いレベルに抑えておくことしかできないのだろう。

だとすると、どんな標語を書けば、審査員長の目に止まるのだろうか。審査員長といっても、総務部の部長なのだけれど。

腕組みして考えているうちに昼休みがやってきた。

焼きたての香ばしい香りがする。誰かが机の端にクルミパンを置いたのだ。

「どうぞ、お召し上がりください」

見上げると、榮倉さんがいた。妙に機嫌がいい。

「私、ラジオに出演することになって」

「え、ラジオ？」

「といってもローカル番組で、地域限定で流れてるやつですけど」

その番組のＤＪが榮倉さんのブログ【どうしょもない私の会社を綴る】を読んで、おもしろがり、ラジオでぜひ紹介したいと電話してきたのだという。

「明日なんです。直前すぎますよね。服買いに行く時間もなくて困っちゃいます」

はあ、と私は両親のことを思い浮かべた。父は気象予報士兼タレントで、母は料理研究家だ。二人ともたまにテレビに出るが、たいした格好はしていない。春に兄夫婦が帰国した時、家族総出でイオンに買い物に行ったが、その時と同じ服装だった気がする。

「ラジオなんて顔も見えないし、何着てもいいんじゃないですかね……」

私がそう言うと、榮倉さんはふっと笑った。

「紙屋さん、悔しいんでしょう。私の文章がネット以外でも認められたから。それで、そんな憂鬱な顔になってるんだ」

自分の失態が綿々と綴られたブログが、ラジオで取り上げられると聞いて、憂鬱にならない人間がいるだろうか。

でも榮倉さんの機嫌がいいのは良いことだ。おかげでクルミパンももらえた。胡桃《くるみ》がほろ苦くて、生地は甘くて、いくらでも食べられる。

「僕、これ好きです」

「例の鶴屋さんへの提案用なんです。口溶けを柔らかくして、でも、ただの高齢者向けにはしたくなくて。美味しいものを沢山食べてきた人たちの舌に合わせるために、普通のパンよりも品質をよくしたいんですよね」

パンのことを語っている榮倉さんは、気持ちが安定している。頼りがいもある。まだ若いけれど、彼女はプロなのだ。

「……渡邉さんに言ってみようかな。若い人向けの商品にも使えるかもって」

榮倉さんがぽつりと言った、その時、

「紙屋あ！」

と、渡邉さんの遠慮のない声が近づいてきた。私の隣に榮倉さんが座っているのを見ると、ワイドショーの記者のような下卑た笑顔を浮かべている。

「おやおや、紙屋、榮倉ちゃんには手を出すなよ。俺の愛人になんだから」

そういうことを言うから嫌われるのだ。人権的にもアウトだ。でも榮倉さんは、

「もう、違いますってば！」

といつもより優しくあしらっている。ラジオ出演のもたらす作用は凄まじい。

「おお、そうだ、紙屋。お前、俺の代わりに安全標語作れ」

「なぜ私が渡邉さんの分まで」

「あれの賞金はな、手渡しなんだ。給料やボーナスと違って口座振り込みじゃない。奥さんに知られずに小遣いにできんだよ」

コンテストの賞金は最優秀賞で三千円だ。それだけのために読書嫌いの渡邉さんが応募するとは。既婚男性の財布の中身の厳しさについて改めて考えさせられる。

「あ、佳作はだめだぞ。パスタなんてもらってくんじゃねえぞ」

「いえ、引き受けるとは言ってませんが……」

「なんだよ、いつもは頼んでもないのに勝手に書くくせに。安全標語の入選くらいできなくてどうすんだよ。他に取り柄ないのに」

「紙屋さんじゃ、よくて佳作止まりですよ」

榮倉さんが隣でつぶやく。読書感想文の話を知っているだけに底意地が悪い。私はつい言ってしまった。

「いいですよ、やりますよ。最優秀賞もとりますから」

うまくやれよと言って渡邉さんは煙草をくわえ、喫煙室のほうへ歩いていく。

「安全標語なんて地味なことよくやりますね」

榮倉さんがぽつりと言った。自分でけしかけておいてよく言う。

「あんなの入賞したって誰も見ないのに。地味なポスターになって、工場の薄暗い廊下に貼られるだけでしょう」

「それは、そうですけど、でも、それを楽しみにしている人もいるわけで」

私は角谷さんを思い出していた。たとえ選ばれなくても、標語を考えること自体が事故防止に繋がるのだ、と言っていた。まじめに取り組む人もいるのだ。

なのに、自分の文章力の証明のために応募していいのだろうか。まして賞金の獲得のために代筆するなんて。

渡邉さんが「そうだそうだ」と慌てたように帰ってきた。

「品質保証部の大山《おおやま》もお前に代筆頼みたいって。工場から出張してきてて、いま喫煙室にいるから」

「あの、渡邉さん、その、安全標語の代筆はやっぱり……」

「安全標語じゃないの。社内報のコラムだって。いいから来いよ」

私は榮倉さんを見た。

「ええと、だったら榮倉さんに頼んだらどうですか」

いつもブログを書いているのだ。コラムを書くのも得意なのではないだろうか。

榮倉さんはまんざらでもない顔で、

「大山さんのコラムを私が代筆ですか？　……まあ、別にいいですけど」

と言っている。しかし渡邉さんは、手をひらひらと振った。

「榮倉ちゃんはいいわ。大山は紙屋をご指名なんだからさ。早く来いよ。喫煙室に長くいるとキイちゃんに睨まれるからな」

渡邉さんがいなくなると、榮倉さんが言った。

「紙屋さんをご指名ですか」

いやな予感がした。不機嫌な顔に戻っている。余計なことをしたのだろうか。したのだろうな。が、挽回《ばんかい》できる気もしないので、そそくさと喫煙室に向かった。

喫煙室では、渡邉さんと、スタイルのいい若い男性が、並んで煙草を吸っていた。

「あ、君が紙屋さん？　大山です」

大山は国立大学の農学部出身で博士号も持っているのだと、渡邉さんが自分のことのように自慢げに紹介する。実家は地元の名士で大きな山も持っているそうだ。

「なのに独身だ。彼女もいない」

「いけないですか」

と、大山さんは長い足を組み替えている。

いけないに決まっている。女性社員たちは心穏やかではないだろう。桊倉さんがコラムを代筆してもいいと珍しく乗り気だったわけがわかった。

「早く結婚してくんなきゃ、他の男が困るんだよ」

渡邉さんに、私も同感だった。

大山さんの依頼というのは、渡邉さんが言っていた通り、社内報のコラムの代筆だった。広報室に頼まれたものの、書けなくて困っているのだという。

「え、でも、論文は書けたわけですよね」

「そうそう、粉塵爆発についての論文」

渡邉さんが代わりに言う。

「それでこの会社に来たんだよ。研究成果を事故防止に役立てたいって。事故のことなんて、若いやつらはもう知らないし、社内でも風化しつつあるっていうのにさ。偉い。すばらしい、どこに出しても恥ずかしくない男なんだ」

渡邉さんは煙草をもみ消し、あとは二人で、と喫煙室を出ていった。

「あの、論文が書けるのなら、コラムくらいすいすい書けそうな気がするんですが……」

「論文はデータの積み重ねですから、僕にとっては単純明快な作業なんです。でもコラムには、その人の魅力というか、人間性がもろに出るじゃないですか」

大山さんは溜め息をついて、煙草の火を念入りに消した。

「僕、入社した時から、なぜか異常なまでに買いかぶられてて。……でも実際は、ただの研究オタクで、女性と話すのも苦手で、気の利いた小話とか絶対無理なんです」

「まったくそんな風に見えないです」

「マッチングアプリも試したんですが、三回目のデートで必ず断られます。こんなにつまらないとは思わなかったって」

「そこまでですか」

急に親近感が湧いてきた。

「だから社内の女性とも業務以外の話はしないようにしてます。なのに、コラムなんか書いた日には、もう社内結婚は無理です。お願いします。書いてください」

「でも、社内報のコラムってことは、社内であったことなんかを書かなきゃいけないんですよね。僕は品質保証部のことをよく知らないし……」

「製品の検査。品質保証部は毎日がその繰り返しです。それをそのまま書いていいんだったら、僕だって書けます。でも、コラムには面白いことを書けと言われていて……無茶ぶりもいいところですよ。先週、僕がやった仕事なんか工場の野良猫対策ですよ。安全衛生上重要な任務ですのでやりがいはありますが、猫を追い回す話なんて面白くもなんともない」

「……そうかなあ」

大山さんが猫を追っている光景を思い浮かべると、少しおかしい気もしたのだが、

「まったく面白くないです」

大山さんは頑《かたく》なだった。

「渡邉さんに、鶴屋製パンに出した提案資料見せてもらいました。紙屋さんの文章、すごくよかった。感動しました」

「いや、それほどのことでも……。わかりました、任せてください」

褒められたことがあまりないので、つい引き受けてしまった。

それにしても容姿端麗で生まれつくというのも大変なのだなと思った。私のように最

初から早々と失望されるタイプのほうが、生きるのが楽なのかもしれない。

私はポケットからスマートフォンを出し、メモ帳の機能を開いた。

「大学時代は粉塵爆発について研究していたんですよね」

「ああ、はい。この会社の二十八年前の事故についても入社前から知っていました」

大山さんは姿勢を正しながら言った。

「でも、事故について、おもしろおかしくコラムに書くのはちょっと……。当時、事故に居合わせた人も工場には大勢いますので」

「いや、違うんです。今、安全標語を考えてて、事故防止の方法が知りたくて」

ああ、それなら、と大山さんは目を輝かせ、身を乗り出した。

「掃除です。粉を飛散させない。それに尽きます。大変なことですけどね。徹底的な清掃活動は工場の安全衛生のために絶対に大事です」

それで私が小麦粉をあふれさせた時、あんなに必死に掃除がされていたのか。

「粉塵爆発は怖いですよ。二十八年前の事故では消防士が一名殉職してます」

「えっ、そうなんですか」

「さっきの渡邉さんも、あの事故で怪我をしているはずですよ。研究室にいた頃、事故の詳細が記された消防署の資料に負傷者の名前が載っていました」

たしか渡邉さんはあの時、工場研修を受けに大阪支社に行っていたのだ。僕と同じ二十二歳だったと角谷さんが言っていた。怪我もしていたなんて知らなかった。

大山さんは煙草を消すと、顔をひきしめて言った。

「事故の再発防止。それが研究を評価されて雇われた僕の使命です」

真摯《しんし》な思いが、私の胸を打った。こんなすばらしい男性を断るなんて、日本の女性はどうかしている。彼のコラムを面白く書くことこそが私の使命だと思った。

翌日、榮倉さんは午前休をとった。ラジオ出演のためだ。仕事中なので放送は聞けないが、聞かないほうが、たぶん精神衛生上いいだろう。

私は書庫で過去のコンテストの入選作を眺め、傾向と対策を練った。

しかし、なかなか手強《てごわ》かった。入選作はどれも、いかにも素人くさい。うまいとはとても言えない。工場研修に行く前だったら退屈に感じただろう。しかし今は、

〈今年も来たる暑い夏、水分補給で命を繋ごう〉

というパスタ工場の工員による作品を見るだけで、乾燥機が熱気をふきあげる情景が浮かんでくる。現場の人が作っただけあって実感がこもっているのだ。十日間、研修を受けただけの私が偉そうに安全を語っていいのだろうか、という罪悪感が湧いてくる。

「もう書きました！」

と渡邉さんが言いながら書庫に入ってきた。

「今年も書いてください」

追ってきたのは栗丸さんだった。二人の言い合いを聞いているうちに、災害時のために渡邉さんに自宅の住所を書かせようとしているのだ、ということがわかってきた。渡邉さんは以前書いたのと変わらないのだからそれでいいじゃないか、と主張している。

「昔の、残ってんでしょ？　俺、一生懸命、地図、書いたのよ」

「改めて出していただかないと困るんです。グーグルの地図を貼りつけるだけでいいですから」

「面倒くせえな。昔のやつからお前が切り貼りしとけよ」

「昔の書類はすべて焼却しました。旧製粉工場の跡地で」

「え……」

「社長命令ですので」

去年から、手書きの申請書は、必要事項をエクセルの表に入力した後、焼却処分することになったと栗丸さんは説明している。これからは万事ペーパーレスで進める方針らしい。

「なにも焼くこたねえじゃねえか、人が一生懸命書いたものを、なあ？」

渡邉さんは私に同意を求めてくる。しかし栗丸さんは言い放った。

「個人情報を守るためです」

それはたしかに、と私も思った。住所と地図を書いた紙をいつまでも保管しておくわけにはいかないだろう。その時、書庫にまた誰か入ってきた。

五十代半ばの男性だった。ブルーのスーツを着こなしている。その日本人離れしたセンスや、颯爽《さっそう》とした佇《たたず》まいに、ぼんやりと見覚えがあった。

「専務」と、栗丸さんがふりかえる。「長期出張、お疲れさまでした」

そうだ、欧沢《おうさわ》専務だ。輝一郎が社長に就任した時に、ヘッドハンティングしてきた重役だ。前は、大手乳飲料メーカーのヨーロッパ支社長をしていたらしい。

「専務、総務部に入った紙屋くんです」

欧沢専務は私を見た。会うのは面接以来だった。緊張する。専務は、栗丸さんと同じく面接で私にバツをつけているのだ。

「ああ、鶴屋製パンへのproposal、君が書いたんだって?」

やたらと発音がいい。そういえば面接でも英語まじりだった。

「Our presidentにemployee talentをinsightする目があったとは。Just by accidentかな」

何を言っているのかわからない。私が冷や汗をかいていると、専務は「そうだ」と言った。

「栗丸さん、紙屋さんにアレ言っといて」

アレとはなんだろう。私はすがるように栗丸さんを見た。

「入社したばかりの社員に、専務が必ず言う訓戒だよ。……社長は無節操に英語を使う人を嫌うんだ。なので、日本語で表せることはできるだけ日本語で言うように」

「えっ……？　あ、はい……」

といっても、もともと日本語しか使えない。

「僕もよくPresidentに怒られるんだけどね」

欧沢専務はにやっとして書庫を出ていく。

私は栗丸さんを見た。栗丸さんが小さく息をついて「無意識なんだ」と言った。

「専務は英語で話しているつもりはないんだ。社長も困っているけど直らない。君もなんとかリスニングして」

「でも……」

栗丸さんは英検一級だからいいかもしれないが、私は英検三級だ。

「専務は板書も英語だから気をつけろ」

渡邉さんが嫌みっぽく言う。

「しかし、キイちゃんも鼻持ちならないやつを連れてきたもんだよな」

自分には関係ないという顔をして書庫を出ていく。欧沢専務が統括するのは管理部門である経理部と総務部なのだ。

「変わった人ではあるけど、でも専務が来てから、うちの会社の利益率は飛躍的に上がった。法令遵守もできるようになったんだよ」と、栗丸さん。

全面禁煙化やペーパーレス化も、欧沢専務主導で行われているのだという。

生産部門を統括する、昔気質の玄野常務とは仲がよくないらしい。いわゆる派閥というやつだ。もちろん、栗丸さんは社長・専務派だ。総務部に入った時点で、私も自動的にそちらに入れられているらしい。知らなかった。

「渡邉さんなんかより、欧沢専務に好かれるべきだと僕は思うけどな」

栗丸さんはそう言うが言葉が通じる気がしない。昼休みに兄にメールで相談した。

〈言葉の壁は心の壁だよな〉

珍しく気弱な回答だった。テレビ見たか、と兄は送ってきた。

休憩室のテレビをつけると、ちょうどお昼のニュースだった。兄の建てているビルの一階部分から出火している映像が映った。幸い火はすぐ消し止められたが、問題は火元が現地の業者の煙草だったということらしい。

〈業者は互いに疑心暗鬼になっている。俺がなんとかしないといけないんだけど、なんて言えば、みんなの気持ちを奮い立たせられるのか、迷ってる〉

事故は人間関係をも深く傷つけてしまうものなのだなと、私は兄の心中を思って深く溜め息をついた。それを防ぐための安全標語なのだ。ますます難しい。考えこみながら廊下に出ると、榮倉さんが階段を上がってきた。

「あ、ラジオ、どうでした？」

榮倉さんは私を暗い目で見た。

「紙屋さんのせいで最悪」

様子がおかしい。用心して口を噤《つぐ》んだ。榮倉さんは自販機でコーラを買うと目をつぶって一気に飲み干し、喋り出した。

ラジオの出演時間はわずか五分だったそうだ。最初から最後まで話題は「紙屋さん」だったという。今度連れてきてよ、とまで言われたそうだ。

「私のことは一言も話題になりませんでした」

それは仕方がないではないか。最近の【どうしょもない私の会社を綴る】には「紙屋さん」のことしか書かれていないのだ。著者である「社員A」自身の話は、身バレを恐れて記事にしていないのだから、DJだって話題にしようがない。

「自分のことも書いたらいいじゃないですか。パンの試作品の話とか」

「そんな話、つまんないでしょ」

榮倉さんはコーラの缶を捨てた。怒っているが、ちゃんと分別している。

「書いたことありますよ、パンの話。でも、閲覧数が伸びなくて。コメントもなくて、ほとんど無視です。だからやめました」

「僕は読みたいですけど」

「紙屋さんが読みたくても、閲覧数が上がらなかったら意味ないでしょう。パンの話なんかダメ。もっと刺激的な話題じゃないとダメなんですよ」

「え、じゃあ、渡邉さんのセクハラや、私の失態のことを書いてたのは、閲覧数の伸びがいいからなんですか。変わってほしいと思ってじゃなくて？」

「二人ともネタの宝庫ですしね」

榮倉さんは尖った言い方をして、うつむく。

私は黙った。ただのネタ扱いだったのか。榮倉さんにとって最上製粉は、どうしょもない会社であり続けてくれたほうが都合がよかったというわけなのか。

「なんですか、その、失望した、って顔。どうせ紙屋さんだって、この会社がどうなろうと知ったこっちゃないくせに」

「そんなことありません」

さすがに八つ当たりだ。

「じゃあ、なんでマジメに仕事しないんですか？　ほんとはできるんでしょ。あの営業資料見た時、思いました。本当はできるのに、わざとできないフリして、やりたくない仕事を避けてるんだろうなって」

「違います。とんだ買いかぶりです」

本当に違うのだ。できないのだ。自分でもなぜそうなのかわからない。どの職場でも理解されなかった。

「自分の文章が褒められればそれでいいんでしょ。安全標語で賞とって、大山さんのコラムでもまた褒められるんでしょう。紙屋くん紙屋くん言われて、ホントよかったですね」

榮倉さんは階段を駆け下りていった。一階の開発室に向かったのだろう。そこでまた試作品に取りかかる。榮倉さんには、私と違って誇れる仕事がある。でも私にはない。榮倉さんの言葉がギザギザと胸に差しこまれる。

渡邉さんや大山さんに褒められて、頼られて、有頂天になっていたかもしれない。でも、それの何がいけないのだろうか。それだけが私の取り柄なのだ。

書庫に戻り、過去の社内文書を漁る。安全標語のヒントだけでなく、大山さんのコラムのテーマも探さなければいけない。

ふと書架にさされたアルバムに目がいった。一九四九年の創業以来撮られた社内の写真を年ごとに保管してあるようだ。背表紙を見ていくと、一九八九年のものもあった。……粉塵爆発事故があった年だ。

開いてみたが事故当日の写真は一枚もなかった。それはそうか。死にものぐるいで社員の救助や消火をしている最中に写真なんか撮らない。野次馬的な興味で見たことを後悔しはじめた時——妙な写真が目に入った。

背景は焼けこげた工場。若い社員二人が立っている。一人は三十代半ばで、野心あふれる、といった笑顔だった。カメラに向かって拳を突き出している。もう一人はもっと若かった。二十代前半といったところだ。やんちゃな顔をした美青年で、こちらはパンに食らいついて笑っている。半袖シャツから出た腕には包帯が巻かれていた。写真の下には「七月三日」と記されていた。

事故の翌日だ。それなのに二人は笑っている。しかも工場の瓦礫《がれき》の前で。

事故当時の写真はそれだけだった。私はスマートフォンで写真を撮影した。当時、工場にいたという渡邉さんなら何か知っているかもしれない。

「安全標語のヒントにしたいので、渡邉さんの話を聞きたいです」

そう申し出ると、「いい心がけだ」と居酒屋に連行された。会議室でもよかったのだが、「入選のためだ。奢《おご》ってやる」と言われた。

飲み代を稼ぐためのコンテストに勝利するために飲み代を使う。なにかが変だが、飲む口実がほしいだけなのだろう。他の営業のおじさんたちも来ていて、さっきの写真をスマホで見せると、「懐かしいなあ」と一気に盛り上がった。

「渡邉さん、昔は可愛かったのに」

「時の流れは残酷」

などと、写真を覗《のぞ》き、騒いでいる。私は驚いた。

「この人、渡邉さんなんですか」

写真に写る、包帯を巻いた若い社員。そう言えば、渡邉さんはあの事故で怪我をしているのだった。大山さんがそう言っていた。この美青年が本当に渡邉さんなのか。

「今は見る影もなし」

おじさんたちは、ぎゃはは、と笑っている。

「爆発の時には工場の中にいたんですか？　爆発に巻きこまれたんですか？」

「いやいや」

渡邉さんは妙に大人しかった。目を細めて写真に写る、もう一人の年上の社員を見ている。

「渡邉さんは、ヨシさんを追っかけて、火の中に飛びこんだんだよなあ」

他のおじさんが、しみじみと言った。

「ヨシさん？」

「良輝さんだよ。二代目の」

「最上良輝のことですか。この写真の年上の人がそうなんですか」

「営業部にいた頃のな」

渡邉さんは懐しそうに写真の隅を指差した。

「ここに管理棟があるだろ。あの日は俺、ヨシさんとそこで打ち合わせしてたんだ」

その最中、爆発音を聞いたのだそうだ。

外に飛び出すと製粉工場から出火しているのが見えた。二人は消防署や地元の消防団とともに消火にあたったが、火は製粉工場の倉庫にまで及んだ。

あそこには出荷を待つ製品がある。燃えてしまえば多大な損失が出る。渡邉さんが歯がみした時だった。良輝が防火用のバケツの水をかぶった。ヨシさん、製品はまた作れます、と渡邉さんは必死に止めたが、良輝は聞かなかった。

――倉庫には写真がある。創業以来、おふくろが撮りためた社員の写真だ。ネガも一緒だ。あれは二度と取り戻せない。

「写真なんか、って俺は言ったんだけどさ」と、渡邉さんがビールを飲みながら言った。

「ヨシさん、ばーっと火の中に飛びこんじゃって」

「それで、渡邉さんも行ったんですか?」

「だってお前、良輝さんは跡継ぎだぞ。先代が年いってから、ようやく生まれた子なんだぞ」

だからって。私は兄の建てているビルの火災事故の映像を思い浮かべた。兄が同じように火に飛びこむのをそばで見たら、私は即座に飛びこめるだろうか。

「昔から、頭より下半身が先に動くのよ、渡邉さんは」

「あとで消防署にこってり絞られてたよなあ」

おじさんたちは笑っている。

良輝と渡邉さんは、火に包まれつつあった倉庫から、写真がおさめられた箱だけを運びだした。逃げる最中、渡邉さんは機械に腕をぶつけ、裂傷を負った。

「なんで……そんなに写真が大事だったんですか」

私が尋ねると、渡邉さんは、ジョッキの縁を指でなぞりながら言った。

「あの時は俺もわかんなかったけど、ヨシさんが言うにはな……思い出まで焼けたら社員は何を頼りに工場を再建したらいいんだって」

その年は創業四十周年だった。創業以来の写真やネガが、事故当日にたまたま倉庫にあったのは、一ヶ月後の祝賀パーティで展示するためだった。大きく引き延ばしてプリントするために、写真屋に引き渡す寸前だったのだ。

「焼けちまった製粉工場は……あれが建てられた当時は、会社もまだ小さくて、資金も足りなくてな。機械こそ最新式だったが、電気室の天井なんかブリキ缶を開いて釘で打ちつけてさ、工員たちが自分たちの手で作ったようなもんだったんだ」

渡邉さんは饒舌《じょうぜつ》になっている。

「それが全部灰になっちまって。年取った工場長なんかはもう立てないんだよ。でもヨシさんは、まだ若かったし、いつもと同じで底抜けに明るくてなあ、最上製粉の歴史は俺が守った、工場もすぐ再建してやるって、励まして回ってさ。俺ら営業部がトラックに積んでた小麦粉をおろして、ドラム缶でパン焼けって言って。角谷さんもいきなり言われてテンパってたけど、なんとか焼けたパンが、これが、めちゃくちゃ旨くてさ」

写真の中で渡邉青年が食らいついていたのは、そのパンだったのか。その隣で、いかにも働き盛り、という年齢の良輝が拳を天に突き上げている。ふたりに悲壮感はなかった。笑顔がはじけている。

「……紙屋、なんでお前が泣くんだよ」

「泣いてません」

目をそむけたが、本当は目が濡《ぬ》れていた。

胸がいっぱいだった。『最上製粉　感謝のあゆみ六十五年』に、掲載されていた古い写真。あれらは良輝の無謀ともいえる咄嗟《とっさ》の救出によって残ったものだったのだ。

決して褒められた行動ではない。若い部下も負傷させている。今の時代にやったら世間から非難されるだろうけれど――当時の社員たちはどんなに励まされたことだろう。

「工場の人たち、そんなことがあったなんて、何も言ってませんでした」

「まあ、それは、消火にあたった消防士が、二回目の爆発に巻きこまれて一人殉職してるしな。……外の人間を巻きこんだんだ。口も重くなる」

美談にも武勇伝にもできない。それで社史にも書かれていないのか。

渡邉さんと電車の中で別れ、物思いにふけりながら家路をたどった。

角谷さんは言っていた。標語を考えること自体が事故防止につながる、だから自分の作品が選ばれなくても別にいいのだと。やっぱり安全標語の代筆はだめだと思った。渡邉さんの依頼は断ろう。自分で考えなければ意味がない。

この会社がどうなろうと知ったこっちゃないくせに、という栞倉さんの言葉が蘇る。あれは図星だった。私はこの会社を自分の文章を発表する場としか考えていなかった。この会社のためになにをすべきなのだろう、と思いながら暗い空を見る。

曇っていて星は見えなかった。でも月は出ていた。

渡邉さんによると、二十八年前の事故当日、火が完全に消えたのは夜半過ぎだったそうだ。

社員は、所属部署の区別なく、みな水浸しの地面にへたりこんでいた。電線も焼けたせいで、敷地内の灯りは失われ、辺りは暗闇に閉ざされていた。消防車のヘッドライトの光だけが、黒焦げになった瓦礫を明るく照らしだしていた。毎日、精を出してモップで磨き上げた床や、手入れしてきた機械の、見るに耐えない姿がそこにはあった。

現実に向かい合う覚悟ができるまでの間、普段より白く見える月を、社員たちは黙って長いこと見上げていたそうだ。

次の日、私は午前中をかけて、大山さんにメールを書いた。

「あれからよく考えてみたのですが、コラムはやはり大山さんご自身で書くべきです。つまらないと思われてもいいじゃないですか。大山さんのありのままの良さを愛せない女性と結婚できたとしても、何にもならないのではないでしょうか」

こうも書いた。

「でも、きっとつまらないなんてことにはならないと思います。原稿ができたら見せてください。面白くなるように僕が手伝いますから」

それぞれの専門分野を持って働く社員。彼らが不器用なりに、心をこめて書いた文字によって会社は綴られている。

社史もその一つだ。あれを読んでこの会社を好きになったから、私は今ここにいる。それなのに、私はずっと忘れていた。書くのも好きだが、読むのも好きなのだ、ということを。

品質保証部で地道に安全を守っている大山さんの綴る話を私は読んでみたかった。

午後は角谷さんに、研修のお礼、という口実でメールを書いた。最後に書き添えた。

「渡邉さんから事故の話を聞きました。安全標語、私も応募します。でも事故を目撃した人にしか書けない標語があるのではないでしょうか。今度こそ入選を。　紙屋」

どうかうまくいきますようにと祈りながら送信ボタンをクリックした。

二週間後、栗丸さんから渡された新しいポスターを、私は意気揚々と壁に貼った。

最優秀をとった角谷さんの標語を誇らしい気持ちで眺める。

〈出勤するたび、工場のうしろに火が見える〉

渡邉さんがポスターの前で立ち止まった。その火を、二十八年前、この人も見たのだ。さぞかし思うところがあるのだろうな、と考えていると、鋭い目が私に向いた。

「で、例の金は」

私は溜め息をつき、表彰式でもらった封筒を渡す。二千円入っている。

「サンキュー、助かる。しかしさすが紙屋さん、優秀賞にくいこむとはな」

優秀賞に選ばれた私の作品は、

〈忘れるな事故の記憶、こまめな掃除〉

だった。色々考えすぎて無難になってしまった。佳作でなかっただけマシだ。

代筆はなんとか断った。しかし、私が入選したら賞金を渡す、という約束を無理やりさせられている。

渡邉さんは金を受け取ると胸ポケットに押しこんだ。

「大山のコラム、よかったよ。野良猫対策の話な。エサをやってる犯人の正体を暴いていくとこなんかドキドキした」

「まさか品質保証部の部長とは思わなかったですよね」

「保健所に渡す前の夜、捕まえた猫を抱きながら悩み抜くとこなんてさ、泣けたよ」

そこは最も気持ちを入れて書くべきだとアドバイスしたのだ。私も嬉しい。

ポスターを工場への社内便に乗せるために一階に降りると、桊倉さんに出くわした。

「……大山さんの社内報のコラム、紙屋さんが添削したんですね」

私がうなずくと、桊倉さんは、やっぱり、と溜め息をついた。

「大山さんの話があそこまで面白くなったわけです。……実家の裏山に猫を放すことにしたものの、生態系を乱しはしないかって、大学の研究室を訪ねるとこなんか、大山さんの息苦しいまでの誠実さが出ていて、好感が持てました」

桊倉さんがそう言うのなら、大山さんにもいつか社内で結婚相手が見つかるかもしれない。達成感を覚えていると、桊倉さんがそっと紙を差し出した。

「これ、ブログからは消しちゃったんだけど、この前言ってたパンの話の記事です。保存してあったやつを出力しました」

「あっ、ほんとですか」

私は紙を受け取った。嬉しかった。読みたかったのだ。

「紙屋さんの感想、聞きたいです」

小声で言うと、桀倉さんは顔を赤らめ、開発室に入っていった。あまりのことに私は動けなかった。……なんだ今の。すごく、かわいかった。

そこへ、「紙屋くん」と声をかけられた。ふりかえると、ブルーのスーツの男が立っていた。専務だ。急いで身構え、リスニング態勢に入る。

「例のpaperlessのprojectを進めてほしい。とにかくquicklyに。Photographs、corporate history、諸々《もろもろ》すべて」

「え……」

喉が詰まった。英語がわからなかったからではない。私がよく知っている単語ばかりだった。ペーパーレス。早くしろ。写真。それに、社史。

「全部、破棄しろ、ということですか」

工場跡地の焼却炉が思い浮かぶ。そこから立ち上る煙も。

「Digitizeすれば、原本はもういらないでしょう」

私は思わずポケットのスマートフォンに手をやった。カメラ機能で撮影した、事故直後の例の写真はデータ化されて、そこに入っている。

デジタル化して、データで残せば、たしかに紙は必要なくなる。

でも……。

火の中から良輝前社長と渡邉さんが救い出したあの写真を、ふたたび火に投じろ、と

専務は言っているのか。新しく来たこの役員は、この会社がたどってきた道筋について

どれほど知っているのだろう。そう思った時、

「Our presidentは古いものがお嫌いでね」

欧沢専務は、皮肉っぽい笑みを浮かべると、会社の外に出ていった。

嫌いだ、と輝一郎が言ったのか。

これは輝一郎の指示なのか。祖父が創り、父が守り抜いた、この会社の歴史、古いものすべてが、データで残ればそれでいいと……。私はしばらく動けずにいた。

第四話　社内文書には真実が書かれている

渡邉、と手書きの宛名を、栗丸さんは眼鏡の奥の目を光らせて見つめた。そして、その領収書が貼られた経費申請書を「クロだね」と私に突き返した。

「渡邉さんが自分で書いたものに違いない」

先週から東京本社の人の経費申請書の受理が私の仕事になった。

数字も文字のうちだと栗丸さんは思ったらしいのだが、私が領収書の額と、申請書に書かれた額との違いを何度も見逃すのを見て、これはだめだと思ったらしい。経理に送る前に自ら確認するようになった。

「渡邉の邉をここまで正確に書ける人間がこの日本に何人いると思う?」

栗丸さんは言った。実は渡邉さんという名前は、今書いているこの文書では仮名にはしないでいる。音だけでは珍しい名字ではないし、榮倉さんもブログでは本名のまま、渡邉さん、と書いていた。しかし改めて指摘されると「邉」の字はかなり特殊だ。

「しかも、この店はフィリピンパブだ。一度連れていかれたことがあるけど、店員が漢字を書くのが苦手だからと、宛名を空欄にして客に渡すんだよ。その習慣を利用して、私的に遊びに行ったものを経費として申請しているんじゃないかな」

私が驚いていると、栗丸さんは小さく溜め息をついた。

「嘘だと思うなら、接待した会社と担当者の名前を追記して申請するように伝えてみて。恐らく、じゃあ申請しない、と言うだろうから」

嘘だと思ったわけではないのだが、私はフロアの東側の営業部に向かった。栗丸さんに言われたままを伝えると、渡邉さんは、「じゃあ申請しない」と言った。

「紙屋が係になったと油断させておいて検閲するとは、栗丸め、陰湿なやつだ」

まるで悪びれていない。筆跡を女性らしく見せかけてまで経費をかすめとろうとするなんて、工場のほうにある総務部本体にバレたら懲罰ものではないのだろうか。

「申請しないそうです」

と告げに戻ると、栗丸さんは薄い笑みを浮かべた。しかし、上に報告まではしないらしい。見破っただけで満足のようだ。

「渡邉さんと栗丸さんって、仲が悪いんですよね？」

過去の書類が詰まった段ボール箱を引っ張り出しながら私は榮倉さんに尋ねた。スキャナーの操作が苦手なせいで、書類のデジタル化は私一人では手際よく進まなかった。痺《しび》れをきらした欧沢専務が榮倉さんにも手伝うように命じたのだ。

榮倉さんは開発部で、本来は管理部門の下にはいない。しかし、人数の少ない東京本社で、専務レベルの上役に命じられれば従わざるを得ないらしい。

「仲悪いっていうか、営業部と総務部自体がそもそも対立しやすい部署なんです」

榮倉さんは不機嫌そうに古い社内規定をスキャナーで読みこんでいる。

「あの！　いちいち目を通すの、やめてもらえます？　作業遅れるんで」

「あ、すみません」

私は手に持っていた社内規定の最後のページを渡した。機械的にスキャニングしていけばいいのだが、その前についい読んでしまうのだ。

会社は、色んな文書でできているのだな、と改めて面白く思う。

たとえば古い時代の社内規定では、社員は転勤を命じられたら原則従わなければならなかったらしい。それが現在では、賃金の一割減に応じさえすれば現地に留まれるという細則が加わっている。結婚や出産をしても働き続ける女性が増えたからだ。

榮倉さんは最後のページを読みこみながら言う。

「営業は売り上げのためなら何でもします。でも総務は営業の暴走を許しません。渡邉さんが入社した頃は営業が強かったらしいので、今の社長になって管理部門が強くなったのが気に入らないんでしょう」

二十八年前の、事故翌日の写真を思い出す。若き日の二代目社長の良輝と渡邉さんは、俺たちこそが会社の屋台骨だと言わんばかりの顔でカメラを見ていた。

「でも時代は変わりました。質のいいものだけを作ればよかった時代はとっくに終わってる。今の消費者は食に付加価値を求めます。健康にいいとか、時短になるとか、SNS映えするとか。むしろ開発部の存在こそが重要な時代だと私は思いますけどね」

私は別のことを考えていた。

さっき、渡邉さんの話を聞いて驚いたのは、渡邉さんが領収書の宛名を偽造したと知ったからではない。栗丸さんがフィリピンパブに連れていかれたと聞いたからだ。連れていったのは渡邉さんなのだろう。しかし、あの二人が飲みにいくなんて想像もできない。

首を横に振っていると、榮倉さんがスキャナーのスイッチを止め、私を見た。

「……あの、例のあれ、もう読みました？」

私に渡したパンの記事のことを言っているのだろう。

「あ、ええと、その、しばらく、デジタル化で忙しくて……」

「こういう資料だったら、仕事を中断しても読むのに？」

榮倉さんは読みこみが終わった古い社内規定を私に突き返すと、書庫を出ていった。

私は溜め息をつき、ポケットから折り畳んだ紙を出した。ブログをプリントアウトしたものだ。実はもらった後、すぐに読んだのだ。しかしどう感想を言っていいものか迷っているうちに、日が経ってしまった。紙を広げてもう一度目を通す。

タイトルは『製パンに打ちこむ日々』だった。

「私が恵まれていたのは、開発部の先輩も同期も、みな一流のスペシャリストであるということだ。ただ、先輩方が私にばかり難しい仕事をふってくるのには困った。同期たちもそのことに納得がいかなかったようで、私と距離を置くようになった。私はただパンを作っているだけなのに、困惑は深まるばかりだ」

こんな調子で、自分は平凡な人間であるのになぜ周囲から特別扱いされるのか、と主張する話が続く。最後まで読んでも、パンという文字は一回しか出てこなかった。……これではブログ【どうしょもない私の会社を綴る】の愛読者たちもコメントしづらいだろう。

榮倉さんはどういうつもりで書いたのだろう。事実をそのまま読めば、先輩たちは榮倉さんを育てようとしてくれている。なぜ素直に喜ばないのか。

同期に距離を置かれているというのも思いこみではないだろうか。工場研修に行った時に、むこうの開発室にいる榮倉さんの同期社員たちに会ったが、「榮倉さんに、またこっちに研修においでよって伝えてください」と屈託のない様子だった。

この記事で彼女は何を伝えたいのか。昨日の夜に兄にも相談してみたのだが、

〈要するに、自分は同期より優秀だ、という自慢だな〉

という答えが返ってきた。

〈しかし自慢しているとは思われたくないので、わざと謙遜し、いやいや君は他の人より優秀で同期にやっかまれているのだ、とお前のほうから言われたいんだ〉

私に言われなくても榮倉さんは充分優秀ではないか、と思った時、続けてメールが来た。

〈正直に言うのが一番だが、気を持たせたいなら感想を言うのは先に引き延ばせ〉

たしかに、文章の感想を待つ間は相手の一挙手一投足が気になるものだ。私も一時期は渡邉さんのことばかり思っていた。……そこまで考えて、私は首を横に振った。そういう目的で相談したのではない。私はきちんと感想を言いたいのだ。

しかし、なぜ榮倉さんほど優秀な人がそこまでして褒められたいのだろう。

引っ張り出した段ボールからは埃《ほこり》が舞い上がっている。外側に「廃棄」と書いてあることに気づいた。丸ごと処分されるはずが、誰かが忘れ、ここに放置されていたのかもしれない。咳きこみながら、雑巾で埃を拭きとっていると、

「あ、それ、玄野さんのだわ」

と、渡邉さんがやってきて横にしゃがみこんだ。

私は蓋を開いた。一番上の書類に、玄野、の認め印が押してあった。本当だ。

「名前も書いてないのに、何で常務のだとわかったんですか?」

「カンだ。俺は天才だから」

「はあ」

気の抜けた返事をしつつ、自分で自分を褒める人は面倒がなくていいなと思った。

「……なんてな。その廃棄って文字、俺が書いたんだよ」

渡邉さんがイヒヒと笑った。

「玄野さんが工場に転勤する時に捨てといてって頼まれて、忘れちゃった」

前から思っていたが、渡邉さんは営業以外の仕事はてんで駄目だ。

「玄野常務、東京本社にいたことがあるんですか」

「うん、でも、キィちゃんとうまくいかなくてよ。玄野さんは、まあ、昔で言う丁稚《でっち》奉公みたいなやつ？　高卒で入社してるからさ。キィちゃんの幼稚園の送り迎えまでさせられてたんだよ。あの粉塵爆発の時だってさ……」

と、言いながら、渡邉さんは段ボールから大学ノートを引っ張り出している。

「あの事故の時に、どうしたんですか？」

しかし、渡邉さんは答えずにノートをめくっている。表紙に「極秘」と書いてあるのが見えた。

「それ見たらまずいんじゃ」

「極秘って書くなんて、見ろって言ってるようなもんじゃねえか」

渡邉さんは下世話な顔で隅に私を引っ張っていった。声をひそめて言う。

「玄野さんがキィちゃんへの恨みつらみをノートに書いてるって噂《うわさ》を聞いたことがあんだよ」

「社長への恨み、ですか？」

そういえば玄野常務は私にも輝一郎の愚痴を言っていた。

「内容をちらっと見ちゃったっつう女の子もいてさ。内容が暗くてドン引きしたって言ってた。これがきっとそのノートだよ」

開かれたページを見ると、癖のある文字でびっしり埋まっていた。余白がほぼなく、見ているだけで息が詰まる。渡邉さんも、これは、と思ったのだろう。

「字細けえな。俺、老眼だからいいわ。代わりに捨てといて」

と、私に押しつけ、書庫を出ていった。

私は二時間かかって、段ボールの書類をシュレッダーにかけた。例のノートだけが、シュレッダーにかけられずに残った。昼休みが終わったら、分解して裁断しよう。

それにしても輝一郎の何が、常務にあれほど大量の文字を書かせたのだろう、とそれを自分のロッカーにしまいながら私は思った。

昼休み、ノートを読もうと、ロッカーの扉に手をかけた時、

「紙屋くん、スーツの上着持ってきてる?」

と栗丸さんに声をかけられた。私がうなずくと、

「一緒に来てもらうから、すぐ仕度して」

と自分のロッカーから上着を出して着ている。どこに連れていかれるのだろう。

廊下に出ると、栗丸さんは一階から階段を上がってきた渡邉さんを見つけて、

「営業車、借りますので」

と、一方的に言った。

「は？　俺、午後からサンプル三キロ届けに行くんだけど」

「中川スーパーが営業を停止したようです。まだ倒産速報には出ていませんが」

渡邉さんは「えっ」と青ざめ、立ち尽くしている。

営業車に乗りこむと、私がシートベルトをする前に、栗丸さんはアクセルを踏んだ。おかげでヘッドレストで頭を打った。栗丸さんは法定速度こそ守ってはいたが、信号機で止まるたび、神経質に瞬《まばた》きをしてフロントガラスを見つめている。

「何をしに行くんですか」

中川スーパーからの電話は何度かとったことがある。社長は人が良さそうなおじさんだった。給食センターの人のように早口ではないし、怒ったりもしない。

「中川スーパーには、営業が総菜用の唐揚げ粉を相当量売っている。売掛金もかなりある。東京には法務室がないから、僕が回収しなければならないんだ」

「でも、倒産するってことは、むこうもお金に困っているのでは」

「今週の売上金くらいは手元にあるはずだ。……前々から怪しいとは思ってた。とうとう今朝はシャッターが開かなかったらしい」

栗丸さんは上着のポケットから、白い紙を抜いて私の膝に投げた。

ファックスで届いた文書のようだ。中川スーパーについて、「給料の遅配が起きている」とか「店の裏手に回ってみたが仕入れをしていない様子」などと、内部事情が赤裸々に書かれている。

「会社が倒産しそうな気配を見つけて、様子を嗅ぎ回って、逐一報《しら》せてくれる情報サービスに入ってるんだ。他の債権者に遅れをとったら回収できないからね」

そんな商売があるのか。背筋が冷たくなるのを感じた。

栗丸さんが車を止めた。個人経営のスーパーのようだがかなり大規模だった。閉まったシャッターに「営業停止のお知らせ」という紙が一枚貼ってあった。

「揉み合いとかになったら体を張って止めてね」

私に質問する暇も与えずに、栗丸さんは従業員入り口の扉を開けた。


帰り道、栗丸さんは一言も喋らずに運転をしていた。

幸い、揉み合いにはならなかった。栗丸さんは法律用語を次々に繰り出し、その場で売掛金を振りこませた。

中川スーパーの社長はくたびれたワイシャツを着ていた。経理の奥さんはしきりに手をさすっていた。栗丸さんは持参したノートパソコンで振りこみを確認すると、

「二十年以上のご愛顧、ありがとうございました」

ればならないのか。古くからの得意先だったのだ。それなのに、こんな別れ方をしなければならないのか。帰りの車内は無言だった。ウィンカーの音だけが響いていた。

会社に戻ると、栗丸さんは営業車の鍵を所定の位置に戻してから、営業部長に「回収しました」とだけ報告した。

「ご苦労様」

営業部長も短く言った。栗丸さんは自席に戻り、奥さん手作りのお弁当を開いている。

私も昼休みをとろうと思い、立ち上がった時、栗丸さんがぽつりと言った。

「紙屋くん、君、社史を読んだんだってね。社長が入社面接の後に僕に言ってたよ。彼はうちの会社の歴史をよく知っているって」

「あ、はい。……でも、あくまで社史で読んだ程度ですけど」

「あれの一番うしろにグラフが載っているの、見た?」

「え?」

「売上高、経常利益、当期利益、創業時からの数字がグラフになってるでしょ」

「ああ」

と、私は声を漏らす。数字は苦手なので、巻末のグラフ類はほとんど見ていなかった。

「社史の本文と照らし合わせてみると面白いよ。会社は数字の連なりでできている。それがわかると会社がもっと面白くなる」

栗丸さんが業務を言いつける以外に、私に話しかけてくるなんて初めてだった。

でも、それ以外は、いつもの栗丸さんだった。机の上にお弁当を広げ、静かに箸箱を開けている。

私は席を立った。廊下に出ると渡邉さんが階段を上がってきたところだった。サンプル三キロを紙袋に入れて取引先まで行ってきたらしく、汗をかいていた。私を見ると胸ポケットから煙草の箱を出しながら、「いくら回収できたの？」と低い声で言った。

「あ、ええと、全額だそうです」

「へーっ。さすが栗丸さん。血も涙もないね」

渡邉さんは喫煙室に入っていく。私は思わずその後を追った。

「あの、なんていうか、怖かったです」

「あ？」

渡邉さんは煙草をくわえたままふりかえる。

「面倒をよく見てくれる、いい上司だなって今までは思っていたんですが……」

ドラマで見るサラ金や悪徳ローンの取り立て業者のような冷徹さだった。

渡邉さんはライターを口の前に持っていったまま、言葉に詰まった私を眺めていたが、言わんとしているところは伝わったらしい。

「あのさ、紙屋、血も涙もないってのは、まあなんだ、褒め言葉だよ。俺たち営業は客への情が捨てられないし、法律もよくわかんない。だからあいつがやるしかないの」

渡邉さんは煙草に火をつけて、煙を吐き出した。

「栗丸が入社した年は、ひどい不況でさ、関東の大口顧客が何社も倒産して、うちもやばかったんだよ。あいつは毎日のように売掛金の回収に行かされてた。総務部あげて経費削減に心血を注いで、リストラもして、なんとか持ち直したんだ」

その話は社史で読んだ。

派手好きで、人情の厚い良輝社長を、古参の経理部長が「腹を切る覚悟で」説得し、自ら泥をかぶって財政改革をやってのけたのだ。労働組合とも相当な喧嘩をし、最後は土下座同然に頭をさげ、リストラを断行したのだと書いてあった。

「俺らが新規顧客を開拓するたび、栗丸はその会社の信用情報を調べるから待てって、うるさく邪魔してくるが、まあ、入社した年がそんなだったら神経質にもなるわな」

「……渡邉さんは栗丸さんを嫌っているとばかり思ってました」

渡邉さんは吐き捨てるように言う。

「嫌いだよ」

でも、栗丸さんが嫌な役回りを引き受けていることをわかっているのだ。二十年ものつきあいがあった顧客が最も困っている時に、押し掛けて金を回収するのだ。営業部でなくとも誰も自分から進んでやりたがらないだろう。

会社は数字の連なりでできている、と言いながら、弁当箱を開いていた栗丸さんを思い出し、怖いなどと思った自分が恥ずかしくなった。

「そうだ、あの、渡邉さんと栗丸さんって、一緒にフィリピンパブに行ったことがあるんですか?」

「ああ、うん、前に、いっちょ慰労してやろうと思って連れてってやったの。なのに苦行でもしてるような顔で座っててさ。この時間は僕にとってどんな意味があるんでしょうか、なんて言いやがってよ。奢ってやるって言ってんのに、きっちり割り勘。ま、やっぱ仲良くはなれないよな」

喫煙室を出た私は書庫に戻って『最上製粉　感謝のあゆみ六十五年』を開き、巻末のグラフの山や谷を見つめた。

栗丸さんが入社した十八年前、当期利益は十年にわたって横ばいが続いていた。本文を見ると、その年は相当数の中小製粉会社が潰れたと書かれていた。

しかし、最上製粉の当期利益は翌年からプラスに転じている。数字の変化だけで、そこにどれほどの試練や苦労があったのか、見る人が見ればわかるのだろう。

ページを繰って巻頭に戻ると、カラーの口絵に、創業した年に作られたという決算書が載っていた。手書きで数字が書かれている。丁寧な文字だった。数字という文字で会社を綴ってきた人たちもいる。栗丸さんもその一人なのだと私は思った。

翌日、書庫でまた桊倉さんと資料の読みこみをしていると、オフィスの玄関が騒がしくなり、大勢の人が入ってくる気配があった。私は意に介さず作業を続けていたが、桊倉さんは様子を見に行った。わりにミーハーなのだ。戻ってくると私をじっと見つめる。

「ビジネス誌の記者が来ているみたいです。社長の取材だそうで」

そうですか、と私は言った。珍しいことではない。三十五歳という若さで老舗製粉会社の社長を務めている輝一郎には取材がたまに来る。しかし、桊倉さんは意外なことを言った。

「紙屋さんのお兄さんって大手建設会社の話題のホープなの?」

「え?」

「社長と同い年だからって対談企画になったみたいですよ。……今来てる」

何も聞いていない。シャツのポケットからスマートフォンを出すと、

〈ごめん、急な取材でお前の会社行くわ〉

というメールが兄から届いていた。

「あの、ええと、私、お茶淹れてくれって言われたので……行きますね」

桊倉さんは露骨な好奇心を顔に滲ませてバタバタ出ていく。

廊下のほうを見ると、三脚を抱えたカメラマンが会議室に入っていくところだった。

輝一郎と兄はもう中にいるらしい。姿はもうそこにはなかった。

私は書庫に戻った。家族と会社。交わるはずのない二つの世界が思いがけず邂逅したことに混乱していた。とりあえず落ち着こう。

自席に戻り、ロッカーを開いて読むものを探した。何か読めば落ち着くはずだ。

玄野常務のノートが見えた。思わず手が伸びた。勝手に読んではいけないとは思いつつ、現実逃避するためについ開いてしまう。

最初の何ページかには、良輝がいかに有能な経営者だったかが事細かに書かれていた。

良輝は金遣いこそ派手だったが、マーケティングの能力に長《た》けていたらしい。核家族化、女性の社会進出、孤食化などに合わせ、コンビニ弁当用のパスタの開発を実現していったこと。バブル崩壊後の不況下にあっても売上高は落とさなかったこと。

その裏には、栗丸さんたち管理部門の裏方の人々の努力もあったのだろうが、玄野常務はそのことには触れていなかった。

二〇一〇年代に入り、還暦が近くなった良輝は、都市銀行で修業させている輝一郎を呼び戻し、製粉業や会社経営について教えようと考えていた。その矢先、脳溢血《のういっけつ》で倒れ、数日後に亡くなった。……これは社史でも読んだ。

「輝一郎さんは社長に就任するや、管理一辺倒の経営をするようになった。いかにも元銀行屋だ。内部統制、コンプライアンスの重視、無駄な社内行事の削減……。それだけならわかるが、喫煙室の厳重管理、過剰なセキュリティ対策、社長室の防音工事など、無駄な人件費やコストを費やす命令も増えてきた」

いつの間にか、私は会議室にいる輝一郎と兄のことを忘れ、ノートに熱中していた。

社長室の防音工事は三回も行われたそうで、

「電話の内容を社員に知られたくないのだろうが、ここまで来ると不安症の域」

と、常務は書いている。

そういえば、渡邉さんも言っていた。輝一郎は喫煙室の入退室記録を夜な夜なチェックしているのだと。そんな噂がたつ程、輝一郎の神経質な指示は古参社員を戸惑わせてきたのだろう。

「良輝さんの代からいる専務が苦言を呈すると、役職定年という新たな社内規定をつくってまで退職に追いこむのだから、私もいつかはお払い箱なのだろう」

そうやって輝一郎が新しく呼んだのが欧沢専務というわけか。

「満輝さんは私を家族同様に扱ってくれ、良輝さんは長年の労に報いたいと常務に任命してくださった。しかし輝一郎さんは、私を学歴もない、役に立たない老いぼれジジイとしか思っていない」

五十代も半ばの、地位のある人が書いたにしては感情的な内容だった。輝一郎に対するこのような鬱憤は、他の古参社員の中にも燻《くすぶ》っているのだろうか。

数人の足音が近づいてきた。私は慌ててノートをロッカーに押しこんだ。

「紙屋くん」

呼ばれて顔をあげると、輝一郎が私を見ていた。細長い公家《くげ》顔は相変わらず青白い。細い目はにこりともしていなかった。

その横に、兄がいた。サウジアラビアの太陽に灼《や》かれ、正月に会った時よりもますます精悍な顔立ちになっている。生命力が体中からあふれていた。私の横に並ぶと、

「例の火災の報告のために帰国したんだ」

と囁いてくる。

「そこへ急に取材の依頼があって、トンボ帰りする予定だったから断ろうかとも思ったんだけどさ、お前の会社でやるっていうだろ？ 職場参観したくてつい受けちゃった」

兄は輝一郎にも微笑みを向けた。口元から白い歯がのぞいている。

「御社でも過去に大事故があったと、弟から聞いています。しかし、先代の社長が発揮したリーダーシップのおかげで現場はむしろ奮起したとか。その話を聞いて勇気づけられました。現地に戻ったら、火災事故で失った信頼は必ず取り戻す。そういう気持ちになれました」

営業のおじさんたちが兄と私とを見比べているのがわかる。

「顔は似てるのになあ」

と囁き合う声もあった。輝一郎のうしろにいる榮倉さんも、気まずそうに私から目をそらしている。あまりにも出来が違うと思っているのだろう。

「最上社長」

兄は居ずまいを正し、私の肩に力強く手を置いた。

「弟は、文章を書くくらいしか取り柄のない男です。しかし、身内が言うのもなんですが正直ない奴です。御社に入る前から、御社のこと、社長のこと、ここで働く皆さんのことを弟は大好きでした。……どうか辛抱して面倒を見てやってください。弟がいつか、こいつにしかできないことで御社のお役に立つ時が来ると、私は信じています」

そう言って頭を下げた兄を、輝一郎は少しムッとしたように見つめた。

「私もそう信じています。でなければ採用はしません」

私は輝一郎の青白い顔を見つめた。最終面接でこの社長が私にマルをつけた理由がずっとわからずにいた。でも兄と、常務のノートのおかげでわかったような気がした。

「飛行機に遅れます」

部下に促され、兄は足早にオフィスを出ていった。ビジネス誌の取材陣はとっくにいなくなっていた。オフィスは火が消えたように静かになった。

「光り輝くようなお兄さんだね」

輝一郎がつぶやき、社長室に入っていく。

社長がいなくなるのを待っていたかのように、「若い頃のヨシさんに重なるな」と、営業のおじさんたちの一人が溜め息まじりに言っている。

先代の社長を懐かしげに思い浮かべているらしい彼らを眺め、私は思った。

輝一郎には味方がいないのだ。だから私は採用されたのかもしれない。

古参の社員たちは輝一郎を認めない。でも私は面接で、輝一郎がいかに重たいものを背負わされているかを語り、泣いた。

自分のことを好きな社員が、輝一郎は一人でも多く欲しかったのかもしれない。その社員がいかにポンコツだったとしても。

「会議室の片付けを手伝って」

冷たい声がして、ふりむくと栗丸さんが私を見ていた。輝一郎と兄のやりとりに心を動かした様子もなく、さっさと歩き出している。

その後を榮倉さんが追っている。

「あの、栗丸さん、今日の朝、社長から、取引先のファックス番号をすべて送信機に登録するよう言われたんですが」

「……社長が？」

栗丸さんは足を止め、榮倉さんをふりかえった。

「あのファックス、私がよく使っているので頼まれたんだと思います。でも本来は総務部の仕事だと思うので、やる前に一応、ご報告まで」

栗丸さんは少し黙ったが、

「……ああ、そう、わざわざ報告ありがとう。じゃあ、お願いします」

と歩いていった。後を追おうとして、私は立ち止まった。榮倉さんをふりかえる。

――こいつは正直ないい奴です。

さっきの兄のスピーチが心に響いていた。

今言わなければもう言えないだろう。私は息を吸い、口を開いた。

「あの記事、読みました。『製パンに打ちこむ日々』」

榮倉さんの顔が強ばった。緊張しているのだろう。

「面白くなかったです」

彼女の顔から目をそらさないようにして、私は一気に言った。

「先輩が榮倉さんだけを評価してるとか、同僚に嫉妬されてるとか、そんな話を読まされても、私はつまらないです。榮倉さんのブログの読者の人たちも同じじゃないでしょうか。だから誰からも反応がなかった。コメントしづらいです、あんなの」

兄の言う通り、私はこの会社の人が好きだ。自分には全くない所――社員の人たちの仕事にかけるまっすぐな思いを尊敬している。ノートに愚痴を書き連ねる玄野常務も、社長室にこもってばかりの輝一郎も、根本は同じなのだと心の奥底では信じている。

やり方は違うし、仲良くはなれない人もいるかもしれないけれど、みな自分の仕事に真正面から向き合っている。

「私は榮倉さんにしか書けない、もっと真剣な話を読みたいんです」

榮倉さんは頰《ほお》を打たれたような表情をしている。顔が赤らみ、何も言わずにファックスの送信機に目をやり、そちらへ歩いていった。

また怒らせてしまったのだろうか。私は立ちすくんだが、栗丸さんのことを思い出し、会議室に急いだ。しかし、重ねられていた椅子はすでに机の周りに戻されていた。

しまったと思ったが、栗丸さんは私が入ってきたことにも気づかず、会議室の壁にかけられた風景画を見つめている。雪帽子をかぶった山が描かれている。

「紙屋くん、議事録って書ける？」

栗丸さんは絵を見つめたまま言った。

「議事録って会議の発言の記録ですか。……ええ、たぶん」

発言するのは苦手だが、発言を記録するだけでいいなら私にもできるだろう。

「じゃあ、明日の午後、重役会議に出て。社長がそうしてくれって」

「え、社長が？」

なぜ私を指名したのだろうか。兄とは出来が違う私を見て同情でもしたのだろうか。

栗丸さんは会議室を出て行く前に、ぽつりと言った。

「紙屋くんだったら腹を立てない、とでも思っているのかな」

どういう意味なのか、私にはわからなかった。

翌日、玄野常務がやってきた。重役会議のためにわざわざ出張してきたらしい。土産の菓子を榮倉さんに「これみんなで」と渡し、「会議にお茶出してね」と言いつけている。

前に東京に来た時とはまとっている空気が違うような気がした。

「社長はまた社長室？」

と、栗丸さんに笑いかける表情は爽やかで、あの陰湿なノートを書いた人だとはとても思えなかった。

榮倉さんは給湯室に向かいながら、私のそばを通る時に囁くように言った。

「ブログ、更新しましたよ」

私は榮倉さんの背中を見つめた。動悸《どうき》がした。正直に言ったのがよかったのか。私の言葉が彼女に届いたのか。

会議にはまだ間がある。トイレの個室に入り、スマートフォンを開いた。

『鉄骨系男子と紙系男子の絶望的な差は永遠に縮まらない』

私はしばらくそのタイトルを眺めた。鉄骨系男子とは兄のことだろう。久しぶりに、胸にギザギザした刃が差しこまれるのを感じながら、記事を読む。

「文章を書くなんて、誰でも使える日本語の単語を組み合わせるだけの作業でしかない。私のこのブログだって十五分やそこらで書けてしまう。文章を書くなんてことは日本人なら誰でもできるのだ。それに比べ、ゼロから物をつくりだす人間の努力は並大抵ではない。技術を磨いた年月の積み重ねは、同じ親のもとに生まれた兄弟の間にさえ、くっきりと現れていた」

私は小さく息をついた。

榮倉さんは間違っている。

たしかに兄はすごい。様々な困難を乗りこえ、巨大なビルを建てるなんて誰にでもできることではない。

でも文章を書くのだって大変な作業ではないだろうか。たとえ区の感想文コンクールで佳作止まりだったとしても、私はいつも必死に書いてきた。たとえ天才的な才能がある人だって書く時は指先にすべての体重が乗っているはずだ。レベルは違えど、書いた人がどれだけ汗をかいたのか、読む人にはわかってしまうものだからだ。

榮倉さんがブログを十五分やそこらで書けてしまうのは、私を傷つけたくて書いただけのくだらない文章だからだ。

私はスマートフォンを閉じた。悔しさは腹立ちに変わっていく。

ゼロから物をつくりだす人間のほうが偉いと主張したいのなら、私の兄など引っ張り出さずとも、自分の仕事について書けばよかったではないか。

角谷さんも大山さんも渡邉さんも、不器用なりに自分の言葉で文章を綴っていた。心を裸にして仕事への思いを伝えていた。伝えたいことがないならいい。黙ってパンをこねていればいい。身バレしないことに心を砕いて、安全な場所にいて警句だけ吐いていればいい。

でも、こんなブログまでやっておいて——全世界に文章を公開しておいて、他人をくさすような記事しか書かない榮倉さんにはガッカリだ。

私はトイレを出て、オフィスに戻った。ノートパソコンを抱えて会議室に向かおうとすると、栗丸さんに呼び止められた。

「会議が長引くかもしれないから、電源コードも」

「あ、はい、そうですね」

持ち物チェックをされるのはいつものことだ。私は何かしら忘れる。

「議事録、できたら僕に見せて。わからない言葉が多いと思うから。専務の英語は音だけ拾っておけば僕が見当をつけて翻訳してあげるから」

私は驚いて上司を見つめた。

「栗丸さんは出ないんですか？」

「僕は呼ばれてない」

栗丸さんは怒った口調で言うと、モニター上に広げられた決算書に目を戻した。

会議室に入ると、玄野常務はもう着席していた。執行役員たちも揃《そろ》っている。

私が末席に座り、パソコンを開いた時、欧沢専務が入ってきた。探るような目で、一座を見回している。なぜ集められたのかわからない。そんな表情だった。

対して玄野常務は落ち着き払っている。胸騒ぎがした。妙な空気が流れている。

「君がminute takerか」

欧沢専務は私を見た。文脈からして、書記のことだろうか。私がうなずくと、

「たいした話ではないのかな」

と専務は独り言のように言った。

その時、輝一郎が入ってきた。血の気のない顔だった。その顔を欧沢専務は探るように見つめた後、黙って玄野常務の向かいに腰かけた。

「緊急で集まってもらってすまない」

輝一郎は社長席に座ると言った。

私はキーボードを打つ。とりあえずすべての発言を拾っておくことにする。

「実は、業界三位の関東製粉と資本業務提携を結ぶこととなった」

欧沢専務が身じろぎする音がした。

「……今なんと？」

資本業務提携という文字を打ちこむ。漢字はわかるが、専務が驚いた理由まではわからなかった。輝一郎は淡々と続ける。

「資本業務提携を推進するにあたり、最上家、つまり創業家が所有するすべての発行済みの当社株式を、関東製粉に売却、筆頭株主となってもらう予定だ」

必死に聞き取って打ちこむ。意味を考えている余裕はない。発言はそこで途切れた。頭を上げると、欧沢専務の顔は引きつっていた。私をぱっと見て言う。

「Do you understand how important your role is?」

激しい口調だった。正確な発音は聞き取れなかったが、動悸がした。いま私が書き取った発言は、最上製粉の歴史上、重要な記録になるのではないか。そんな予感がした。

「欧沢さん」

輝一郎が牽制《けんせい》するように言った。

「今日は古参の重役たちに私の意思を伝えるための場だ。正式な取締役会は改めて行う。その際の議事録は栗丸課長代理に頼むつもりだから安心してほしい。……それから」

ぞっとするような冷たい声だった。

「関東製粉は、最上製粉よりも老舗だ。この会社よりも古い体質だと思ったほうがいい。

あまり英語を多用すると、むこうから来る新しい社長に嫌われるよ」

文字を打ちながら、胃の奥がきゅっと縮んだ。

輝一郎は社長ではなくなるのか。それは、つまり、最上家は最上製粉の経営から手を引くということなのか。

玄野常務と執行役員たちは沈黙している。すでに知らされていたのかもしれない。

「I'm not ...」欧沢専務は言いかけ、慌てて言い直す。「納得が、いきません」

しかし、輝一郎は、事務的な口調で続けた。

「国内の製粉産業は縮小の一途だ。新たな麦政策によって、小麦価格は国際市況の変動を受けやすくなり、我が社だけで収益向上を望むのはもはや難しい」

「しかし、海外への販路拡大を、私主導で進めてきたではないですか」

欧沢専務は日本語だけで話そうと努めている。

「当期利益も上向いているし、高付加価値品の開発だって——現場が新しいprojectをたちあげたと聞いていますが」

ああ、と玄野常務が言った。

「鶴屋製パンの案件なら、開発担当を関東製粉に出向させればすむ話です。あちらの社長も、あの新しい餡パン事業には将来性がある、ぜひうちの事業としたい、と言ってくれてまして」

胃の奥がまた縮む。つまりは榮倉さんごと関東製粉に渡してしまうつもりか。

「私をわざわざ別会社から引き抜き」と欧沢専務が言った。「現場にも相当の努力をさせ、最も価値が上がった瞬間を狙って、会社を売るというわけですか」

「売ったのではない。資本業務提携だ」

と輝一郎が言った。

「うしろめたいことがないなら、なぜ私に一対一でこの話を打診しなかったんです? Founderたるあなたは大金を手にしてこの会社を去ることができる。しかし how about benefits? 新事業も若手も吸い取られ、welfareだってどうなるか——」

キーボードを叩きながら、私は、欧沢専務を誤解していたのかもしれないと思った。英語がわからなくとも、この専務の怒りが凄まじいことだけはわかる。この会社に来てから二年間、専務なりに粉骨砕身《ふんこつさいしん》してきたのだろう。その思いを裏切られたのだ。

「専務、ご安心ください」

玄野常務が微笑む。

「我々役員の身分はそのままです。社員の待遇も変えないと、関東製粉の常務——いや、最上製粉の新社長はそうおっしゃってます。今までと何も変わらないです。そうですね、社長」

私は文字を打ちながら、輝一郎の顔を見た。唇が一瞬、迷うように引きつったのが見えた。欧沢専務はその表情を見ると、ふっと哀しげに笑い、つぶやいた。

「So you are running away」

「逃げるわけではない。社員のためだ」

輝一郎の声にわずかに怒りが滲む。

「聞き取れたんですか」

欧沢専務は皮肉めいた口調で言った。

「一流大学をお出になったが、英語はできず、大変な経費を費やして行った海外の工場視察でも、貝のように押し黙って、質問すらできなかったというのに」

欧沢専務の言葉は、英語を排するためか、注意深く、ゆっくり吐き出された。会議室に異様な緊張が満ちた。私がキーボードを打つ音だけが響いている。

「欧沢さん、もう気は済みましたか」

輝一郎が言った。

欧沢専務は小さく首を振った。もう反論する気はないようだった。

「……社長のご決定であれば従うまでです」

「他に異論はないですね。紙屋くん、最後にこう記録して。全会一致と」

会議はそれで終わった。まず輝一郎が足早に会議室を出ていき、間を置いて専務が出ていった。他の役員たちも緩慢に立ち上がり、一つの手続きが無事終わった、とでもいうような緊張感のない足取りで出ていく。

文字を保存し、ノートパソコンを閉じようとした時、玄野常務に肩を叩かれた。

「その議事録、栗丸には見せないようにね」

「え？」

私は思わずノートパソコンをかばうように腕で覆った。

「なぜですか」

「社長命令だよ。私にだけ送って。不必要な発言もすべて削っておいて」

私は目を泳がせた。不必要な発言など、今の会議であっただろうか。

「関東製粉との業務提携に反対したととれる発言は専務のものでなくとも全部削ってほしい」

「それも社長命令ですか」

玄野常務は顔をくしゃっとさせて首を横に振った。

「全会一致で決定したという議事録を、親会社から来る新社長に見せて安心させたいんだ。輝一郎さんもきっと同じ気持ちだ。それに、新しい社長に交替しても、私はこの会社にいるわけだからね。君も入ったばかりで転職するのはいやでしょう？」

玄野常務が去った後、私は動けずにいた。

カチャカチャという物音がして目を上げると、榮倉さんがお盆を持って空になった湯飲みを集めていた。私には視線も向けない。……でも今は、榮倉さんのブログのことを考えている余裕はなかった。私は榮倉さんのほうを見ずに立ち上がり、会議室を出た。

自席に戻ると、隣席の栗丸さんが「お疲れさま」と顔を上げた。その奥の席には玄野常務が先に戻っていて、新しく淹れられたお茶を飲んでいた。

どうするべきか、心を決めていた。

私はノートパソコンを開くと、今さっき保存したばかりの議事録をメールに添付し、

「社長は関東製粉との資本業務提携するつもりです。全会一致という結論にそぐわない発言は議事録から削れと常務に言われました。栗丸さんにも見せるなと」

と書き添えて栗丸さんに送った。

私の上司は栗丸さんだ。今までさんざん迷惑をかけてきた恩を返さねばならない。輝一郎にも採用してもらった恩がある。しかし私はその輝一郎本人に腹が立っていた。孤独な社長にこれまで最も忠実だった部下は栗丸さんではないか。そんな人がこんな重大な決定を知らされずにいていいはずがない。少なくともこの会社に入ったばかりの、役立たずな私が知っていて、栗丸さんが知らないことがあっていいはずがない。

兄は言っていた。弟は正直な奴だと。その期待にだけはそむきたくなかった。

栗丸さんはメールに気づいたらしい。数十秒程手を止めたが、またすぐキーボードを打ちはじめた。仕事に戻ってしまったのだろうか。栗丸さんは秩序を重んじる。常務の

命に背いたことを後で叱られるかもしれない、と案じた時だった。

　栗丸さんからメールが返ってきた。

「よく見せてくれたね。まあ、予想はしていたけれど、つまり我が社は自ら同業他社に買収されたということだ」

　一行目にはそう書いてあった。その後は少し長かった。

「社内にあふれる数字を日々追っていれば、上で何が起きているかくらいわかる。社長が榮倉さんにファックスの宛名登録を命じたのは、資本業務提携後のプレスリリースのためだろう。僕を会議に呼ばなかったのは罪悪感からだ。気の弱い人だから。……それに、おそらく今回、社長の指示で奔走していたのは常務なんだろう」

　なぜ玄野常務が、嫌いなはずの輝一郎のために奔走するのだろう。会議でも妙に親しげだった。

　しかし、その理由は栗丸さんのメールには書いていなかった。

「専務は実績があるからすぐ別会社の重役にでもなるだろう。実はすでに僕も転職先を決めている。子会社同然になる会社に長くいてもキャリアは積めないから」

　頭を殴られた気分だった。栗丸さんはこの会社から去ってしまうのか。言いようのない心細さに襲われる。メールにはまだ続きがあった。

「社長が君を採用すると決めた時、僕がその決定に抵抗しなかったのは、すでにこの会社を去ると決めていたからだ。その頃にはもう、社長の挙動はおかしかったからね。どうでもよかった。退職までの日々が平穏に終わればそれでよかった。君を育てるつもりも毛頭なかった。でも君は君なりに自分の働き方を見つけた。僕が面接でバツをつけたのは、もしかしたら間違いだったのかもしれない、会社を構成する夥しい数の文書を大事に思う人が会社には一人くらいは必要なのかもしれないと、今では思っている。そんな君を上司としてどう生かしたらよいのか、僕にはとうとうわからなかった。でも、君には君自身を生かす方法がわかるだろう。だから、この議事録をどうするかは君に任せる」

え、と思わず声が出そうになって、私は息を飲みこんだ。

「常務に不都合な発言を切り取って機嫌をとるのもよし、切り取らずに真実をありのままに残すもよし。この会議の書記は君で、この議事録の著者も君なんだから」

議事録とは恐ろしい力を持つ文書なのだということが、遅ればせながら私にもわかってきた。その気になれば、あった発言をないものにもできる。そして、それが最上製粉の正史になる。指が震えた。汗が耳のうしろに滲む。

かといって修正せずに常務に送ったところで、常務自身が修正してしまうだろう。

栗丸さんのメールはこんな言葉で終わっていた。

「他の社員たちは、おそらく一ヶ月後に、寝耳に水で知らされることになる。今までと変わらないなんて嘘だよ。経理部にいた頃、取引先の会社がいくつも買収され、変化していく様子を僕は見てきた。大金を費やして買収した子会社に今まで通りに好きにやらせておく懐の深い親会社なんてあるわけない。混乱を避けるために、常務の言う通り、一年目は何も起きないだろう。役員もそのままにしておくだろう。しかし二年目くらいから親会社が本格的に経営に手を出してくる。だいたいそんなものだ。きっと、この会社の社員すべての毎日が大きく変わってしまうだろう」

メールを閉じ、私は自分の呼吸の音を聞いていた。

「紙屋くん」

玄野常務がいらだって呼ぶ声がする。

「議事録、まだ？」

キーボードに手を乗せたまま私は考え続けていた。耳のうしろには汗が滲んでいた。新社長のご機嫌をとれば、身分は保証される。常務はそう思っているだろう。しかし、栗丸さんの言う通りならば、その保証も何年保つかはわからない。

玄野常務には、そのあたりの世間一般の経営者の思惑が肌感覚としてわかっていないのかもしれない。温情主義の家族経営の会社に三十年以上も勤めたのだ。老舗の関東製粉なら自分を守ってくれると信じているのかもしれない。

カタリ、と音がした。榮倉さんが試作品を載せた番重を運んできたのだ。

彼女はこの会社が関東製粉に買収されると知ったらどう思うだろうか。榮倉さんの文章をいくつも読んできた私には、彼女が心の底からこの会社をどうしようもないと考えているとは思えなかった。

榮倉さんの手がパン種をこねている、その光景を私は思い出した。傷がついた生地を丸めこみ、その部分を下にして型に詰め、オーブンに運ぶ、きびきびとした動作の一つ一つがまだ目に焼きついている。

ブログではいかに会社のことを面白おかしく書いていても、榮倉さんが毎日作るパンに嘘はなかった。彼女は自分の都合に合わせて小麦粉を加工することはしない。

――弟がいつか、こいつにしかできないことで御社のお役に立つ時が来ると、私は信じています。

兄はそう言ってくれた。輝一郎も言った。

――私もそう信じています。でなければ採用はしません。

私は深呼吸し、心を決めると、議事録のデータを複製した。

複製した方に手を入れる。玄野常務の望む通り、〝不都合な〟発言を削り、まるで誰も反対などしなかったかのような議事録に書き直していく。できあがると、私はそれに、『資本業務提携についての会議の議事録（修正済み）』

というタイトルをつけて玄野常務に送った。

「おお、ありがとう」

しばらくして常務が満足そうに言うのが聞こえた。

私は常務を見ず、次の作業に入る。すべての発言がありのまま記録されている議事録の原本に、

『資本業務提携についての会議の議事録（修正前）』

というタイトルをつけた。常務に送ったのと同じ『資本業務提携についての会議の議事録（修正済み）』とともに、メールに添付した。

送り先は全社員のアドレスが登録されたメーリングリストだ。その中から、役員たちのアドレスだけを削除する。背中に汗が滲んだ。いつもはこういう注意力を要する作業は必ずといっていいほど失敗する。しかし今日だけは、これだけは、失敗できない。

――君には君自身を生かす方法がわかるだろう。

栗丸さんはそう私に書き送った。

私には文章を書くという取り柄がある。そして、もう一つ、仕事がまるでできないという、この会社の人なら誰でも知っている不名誉な特徴がある。それを今、生かす。

口頭ではなく文書で残す。それが会社の原則だ。会社は夥しい数の社内文書によって、様々な社員の手によって綴られている。

その社内文書を改竄《かいざん》することを許してしまった会社が、こまめに粉の掃除ができるだろうか。過去の事故の記憶を正確に語り継ぎ、悲劇が繰り返されることを防ぐことができるだろうか。そのうち、外にも嘘をつくようになるのではないか。

いつか榮倉さんの、あの美しい手にも嘘をこねさせる日が来るかもしれない。

そんなことはさせたくなかった。

最上製粉株式会社を不信に満ちた場所にはしたくなかった。たとえ上の命令にそむいても、嘘で会社を綴ってはならないのだ。それができないのなら、もう社内文書など書くべきではない。

えいや、と送信ボタンを押した。

数秒すると、隣の席から栗丸さんの視線を感じた。

(届いたんだな。ありのままを記した議事録が、役員を除く全社員に)

私は息を吸うと、新たにメールを書いた。さっきと同じ、役員を除いた全社員に送る。

「役員しか見てはいけない【極秘】の議事録を皆さんに送ってしまいました。すみません……。先程のメールは各自で削除くださいますようお願いします」

極秘と書くのは見ろと言っているようなものだ。渡邉さんはそう言っていた。どうか見てもらえますように。

しばらくして、栗丸さんが、

「紙屋くんは本当にミスばかりだね」

と鋭い視線を向けてきた。その口元には笑みが浮かんでいた。

「これが紙の文書ならば、回収するのも楽だろうに」

輝一郎の忠実な部下という役割から解放されたからか、秘密を抱える必要がなくなったからか、晴れやかな顔で、栗丸さんは言った。

「まあ、紙屋くんにこんな大事な仕事を任せた奴が悪いんだよな」

玄野常務が「ん？」と顔を上げた。ふしぎそうに栗丸さんと私を見ている。

会社員としてするべきことだったのかどうか、私にはわからなかった。常務に逆らった後、どうなるかという危惧もまるでなかった。

私は自分が綴る文章には真実しか書きたくなかった。それだけだ。

第五話　社史が語るのは過去だけではない

その絵には雪帽子をかぶった山が描かれている。名画なのだろうなと私は見上げていた。金縁の額に入れられて、会議室にかけられるくらいなのだ。

「その絵に資産価値はないよ」

栗丸さんが手元の紙にゼロという数字を書きこみながら言った。

「それは初代の奥さんの、千恵子《ちえこ》元会長の絵だからね」

私は社史の親族写真を思い浮かべた。千恵子は輝一郎の祖母だ。創業時から経理を担当していて、満輝の逝去後は会長になった。良輝が亡くなる三年前に他界している。

「油絵が趣味だったらしい。最上家の別荘がある蓼科《たてしな》から見える山なんだって。うちの製品にスノーっていう名の小麦粉があるだろう。この絵にちなんでつけられたそうだ」

創業者一家にとっては思い入れのある絵でも、資産価値に換算すれば、ゼロになってしまうのか。

先々週、改めて役員会議が開かれ、関東製粉との資本業務提携が正式に決定した。議事録作成は栗丸さんが務め、役員全員がサインをした。

その日を境に、欧沢専務はほとんど会社に来なくなった。電機メーカーの役員として転職が決まったらしい、と教えてくれたのは栗丸さんだ。

「専務も変わり身が早いですね。あんなに怒っていたのに……」

「専務なりの気遣いだろう。新社長が来る前に辞めたほうが波風立たずにすむから」

東京本社の資産を算出するように、と工場のほうの総務部本体から命じられたのは先週だ。

それで栗丸さんはバインダーとボールペンを持ち、開発室の機材や什器《じゆうき》、オフィスの椅子に至るまで、売却したら幾らになるか見積もって回っている。普段とは違う行動をしている私たちの姿を、他の社員たちは見て見ぬふりをしている。

「みんなもう、あの二つの議事録を読んでいるだろうね」

栗丸さんは絵の前から離れた。

私が役員以外の社員全員に誤送信した『資本業務提携についての会議の議事録（修正前）』と『資本業務提携についての会議の議事録（修正済み）』のことを言っているのだ。ほとんどの人はメールを受け取ってすぐに削除したようだ。しかし興味本位で開いてみた人もいたらしく、こっそり社員間で共有されはじめた。工場では知らない人はいないですよ、と品質保証部の大山さんが報せてくれた。修正を指示した人間についても当たりはついているのだろう。僕は常務派だったのに裏切られました、とも書いてあった。

それでも皆、口を噤んでいる。

栗丸さんがフォローのメールを送ってくれたからだ。

「例の資料の内容が外部に出回れば、取引先や銀行の信用を損います。来期の賞与にも影響するかもしれない。正式発表まで口外厳禁。紙屋くんの不始末をお詫《わ》びします」

半ば脅しのようなそのメールはかなりの効果があったようだ。

玄野常務自身は、社員は何も知らないと思っているようだった。私にペーパーレス化を急ぐようにと、「極秘で」命じてきた。

――書庫の資料や本はすべて捨てるように。あそこが空けば関東製粉の商品サンプルが置けるからね。新社長が来るまでに万事無駄をなくしておきたい。

まるで輝一郎だ。今は三つある会議室も一つで充分だ、と常務は言っていた。東京本社は東京支社に格下げになるらしい。本社機能は二代目までの時代のように工場に戻されるそうだ。

「経営は関東製粉から来る新社長がしてくれる。これからは僕らの頭で考えなくていいというわけだ。常務はもともと、先先代や先代に忠義を尽くしていれば満足という人だったし、社長や専務の成果主義から解放されてほっとしてるんじゃないかな」

栗丸さんはそう言って隣の会議室に移る。

自分の頭で考えなくていい。それは社員にとって幸せなことなのだろうか。

私は創立二十周年記念の壺《つぼ》を眺めている栗丸さんに歩み寄り、「あの」と言う。

「先週、私が社内規定をスキャニングしてペーパーレス化したじゃないですか」

「うん。結局、社内のネットワークで見られるようにしたのは僕だけどね」

たしかに最後は栗丸さんに泣きついた。でも、そういう話をしたいのではない。

「その……たぶん昨日だと思いますが、社内規定が一つ、消えたんです」

「どれが？」

「転勤に関する細則です」

昨日、デジタル化された社内規定を私は読んでいた。スキャンしている最中は榮倉さんに「読むな」と言われていたので、アップされるまで我慢していたのだ。ようやくゆっくり読める、と規定を一つ一つ開いているうちに、おかしなことに気づいた。

転勤を命じられても給料の一割減に応じれば現在の勤務地に留まれる——という細則がどこにもないのだ。榮倉さんと一緒にスキャンした記憶がたしかにあるのに。

「常務が、むこうの総務部に命じて消させたのかもしれないね」

栗丸さんは少し考えてから言った。

「常務は東京の開発室を閉鎖して大幅なコスト削減をしたいと考えているから。さっきも言った通り、もうこの会社には頭脳は必要ないから」

「じゃ、開発室の人たちは——榮倉さんはどうなるんですか？」

「関東製粉に出向か、大阪の工場に転勤だろうね。この細則を持ち出されて東京支社に残りたい、とごねられたら新社長の手前、困るから消したのかもしれない」

社員に約束されていたはずの福利厚生が正式な手続きも通さずに使えないようにされてしまう。常務にとって先先代や先代に忠義を尽くすとはこういうことなのか。一度、社内文書の改竄をして、それが許されたら、どんどんやってしまうようになってしまうものなのか。

黙りこんだ私に、栗丸さんが言った。

「正式に廃止にならない限りは、この細則には効力がある。ただ、社内ネットワークから消されている時点で、察しろ、という圧力を社員は感じるだろうね」

「社長がペーパーレス化を進めていたのは、そのためですか」

「さあ、社長に、そこまでの知恵が回るかどうか。ただ、先先代と先代とは違う、新しいことをして自分の能力を示したかっただけじゃないかな」

輝一郎について語る栗丸さんの声は冷え冷えとしていた。

「そもそも、なんで常務は社長と一緒に資本業務提携を進めようとするんでしょう。今までは社長を嫌っていたのに」

「社長はもともと経営に自信がなくて、逃げ出したがっていた。一方で、玄野常務はこの会社を昔の古い体質に戻したいと思っていた。そんな時、関東製粉から今回の話が持ちかけられて——二人の利害がうまいこと一致したんだろう」

「なるほど……」

輝一郎にはがっかりした。いくら自信がないからといって、自分の指示のもとで会社の改革に携わってきた欧沢専務や栗丸さんを切り捨てたり、最上一族を代々支えてきた恩顧社員たちを手放したり、できてしまうものなのか。

自分さえよければいいのか。老舗企業の御曹司とはそういうものなのか。

「紙屋くんは怒ってるんだね。社長にマルをつけてもらって入ったんだから当然か。でも僕はいつかこんな日がくると思っていた。紙屋くんを採用した頃には、社長はすでに資本業務提携のことを決めていたんだと思うんだ。だから、君を入れたんだろう」

「どういう意味ですか？」

経営を離れることを決意していたから、私のようなポンコツを入れても自分には関係ないと思っていたということか。栗丸さんは小さく溜め息をついた。

「僕にもうまく言えない。一つ言えることは、あの社長にはそれなりに人を見る力があるってことだ。だけど、跡継ぎとして特別扱いされて育ったからなんだろうね、人に弱みを見せられない。皆どう支えていいかわからなくて離れていくんだ。……机と椅子のメーカーと品番は書き写した？　じゃあもう昼休みに行っていいよ」

そう言われても、昼食をとる気分ではなかった。

私は書庫に入り、本棚に並んだ経営学や製パン技術に関する本を眺めた。すべて廃棄されるのかと思うと胸が痛んだ。しかし本はその気になれば買い戻すこともできる。

問題は——社内文書だ。私は奥の棚へと向かった。

シュレッダーの脇にある社章が入った紙袋を取り出す。営業活動で使って古くなった紙袋だ。それにスキャンが終わった資料を詰めていく。

「紙屋くん」

うしろから声をかけられ、ふりむくと玄野常務がいた。

「……こちらにいらしたんですか」

今週は工場にいるとばかり思っていた。咄嗟に紙袋をうしろに隠す。

「議事録の件ではありがとう」

常務は目尻に深い皺《しわ》を刻んでいる。

「新社長は安心されたようだ。神経の細やかな方でね。前にもこうして提携を結んだ家族経営の会社に社長として赴いたご経験がおありなんだが、古参社員の抵抗に遭って苦労されたそうで——最上製粉さんとは穏やかにやりたい、とおっしゃってるんだ」

私は紙袋を隠すのに必死で、見知らぬ新社長の心中を思いやる余裕などなかった。

「ああ、それからね、栗丸が昨日、退職願を出したよ」

常務はすっきりしたという顔だ。

「東京の総務部の機能を新しい本社——工場のほうに吸収する、という方針を伝えたところ、辞めます、だってさ。忠義心の欠片《かけら》もない。やっぱり社長の子飼いだけあるね」

栗丸さんがいよいよいなくなる。私も転勤になるのだろうか。心細くなり、うつむいていると、常務が言った。

「大丈夫だよ。君には東京に残ってもらうから」

「え、でも、総務部の機能は工場のほうに吸収すると、今……」

「君はふしぎと古き良き最上製粉をよく知っている。履歴書には、新卒から入った若手社員も知らないような創業時の社是まで書いてあった。どうしてなのかな?」

前に渡邉さんにも同じことを訊かれた。

「それは、入社前に社史を読んだので」

「ああ、そうだったの! 嬉しいね。あの社史は私主導で編纂《へんさん》したんだよ」

そうだったのか。

「そんなコストをかけている場合ではない、と輝一郎さんには言われたけど、反対を押し切って編纂した。この会社のすばらしい歴史をどうしても後世に残したかったから」

入社面接の時、私が『最上製粉　感謝のあゆみ六十五年』を読んできたと知って、輝一郎は「あれを読むと、いい会社に思えるよね」と言っていた。

初代と二代目を尊敬してやまない常務の手による社史だったのか。だったら、かなりの部分、美化されていた可能性もある。書かれなかった歴史もあるのかもしれない。

すごく面白かった、などと無邪気に思っていた自分が間抜けに思えてきた。

そう言えば、入社してすぐ、榮倉さんにも言われた。

——紙屋さんはうちの会社を知らないんです。

「あそこに書かれていない歴史もある」

玄野常務が言った。

どきりとしたが、常務は私を見ていなかった。自身の手の甲の古い傷跡を見ている。

「これはね、二十八年前の粉塵爆発の事故の時のものなんだ。私は二十八歳だった。キイぼっちゃんを——輝一郎さんのことをそう呼んでたんだ——奥様の所に連れていくところでね。まだ七歳で、小さな背中にランドセルをしょっていてね。私はキイぼっちゃんの手をしっかり繋いでいた。ちょうど製粉工場の前に来たところで爆発が起きて、窓ガラスの破片が落ちてきた。ぼっちゃんだけは傷つけてはいけないと思った」

長年の工場勤めで分厚くなった常務の手を見つめて、私は言った。

「……それで、常務が怪我を」

「まあ、そういうことは社史には書かなかったけれどね。輝一郎さんは小さかったから忘れているだろう。キイぼっちゃんにとって、あの事故は老いぼれがしつこく繰り返す鬱陶しい昔話でしかないんだよ。鶴屋の餡パンの復活だって苦々しく思っているだろうよ。キイぼっちゃんは先先代と先代の遺したものを会社から消し去ってしまう。そういう私の危機感を、社長も栗丸も理解しなかった。君ならわかってくれるだろう」

玄野常務は親しみのこもった目を私に向けた。

「新社長はしばらく東京にいらっしゃって、関東製粉の窓口になる。私はそのサポートをする。君には私付きの書記になってもらおうと思っている。この間の議事録の時のように新社長を助けてもらいたい」

最上製粉が関東製粉に飲みこまれていく手伝いをしろと、いうことか。

「君の文章の力に期待しているよ」

玄野常務が去ると、私は資料を入れた紙袋を自分のロッカーに運んだ。持って帰るのは一日一袋が限界だ。でなければ怪しまれる。それでもやらなければならないと思った。社内文書の改竄はきっとこれからも続く。データだっていつ消されるかわからない。この会紙のまま自宅に持ち帰り、保管する。見つかったら叱られるだろう。しかし、この会社の社内文書をこれ以上損なわないためには、こうするしかない。

扉を閉めた時、榮倉さんが番重を運んできて、中央のテーブルに置いた。今日の試作品はフランスパンだった。鶴屋の新事業のために柔らかく仕上げられたもののようだ。

食べますか、とは訊かれなかった。

私がブログの記事を「つまらない」と言ってから二週間、榮倉さんは目を合わせない。

【どうしょもない私の会社を綴る】も更新が止まっていた。

話しかけてみようか。やめておこうか。

榮倉さんの細い手が、愛《いと》しいものを扱う手つきで、パンを薄紙に包んでいく様子を、私は立って見つめていた。オフィスには誰もいなかった。私は勇気を振り絞った。

「フランスパン、美味しそうですね」

榮倉さんは顔を上げた。気まずそうに私を見つめ、「バゲット」と言った。

「フランスパンの中でも、細長くて、皮がパリパリしているパンを、バゲットって言うんです。フランス語で杖っていう意味」

「……へえ、杖か。知らなかった」

「製粉会社にいる癖にそんなことも知らないなんて、本当にやる気がないですね」榮倉さんの頬には赤みがさしていた。「そんなことだから誤送信なんてするんですよ」

「ああ、あれは」

「わざとだったんでしょ。それくらいわかってます。みんなわかってると思う。……それに、あれ、私のためにやったんですよね？」

虚を衝かれた。榮倉さんのため……だったろうか。そうだった気もするし、違った気もする。二週間前の自分の気持ちを思い出そうとしながら黙っていると、

「会社に危機が迫ってるってこと、教えてくれようとしてたんですよね？」

榮倉さんの目が、私をじっと見つめていた。

兄だったら、そうだ、と臆面もなく言うだろう。でも私は私だった。

「いえ、自分のためです。私なりの意地、というか……」

榮倉さんはぱっと顔全体を赤らめ、バゲットに目を落とした。

「……なんだ。何か大きなことをやらかしたかっただけか」

「いや、それは違います。そういうわけではないです」

「私がブログにお兄さんと出来を比較するようなことを書いたから、自分の文章の力はこんなもんじゃないって知らしめたかったんだ」

またこれか。体の奥から力が抜けていく。

「でも、あんなことして何が変わるんですか？　さっき栗丸さんが午後に業者を寄越すって言ってました。私たちは関東製粉に出向させられるそうだから、開発室を解体するための下見でしょう。もう何をやっても無駄。これからはパンの開発なんかできない。関東製粉に技術を取り上げられて、その後は工場に転勤させられて、営業サンプルだけ作って、評価もされない生活が待ってるんです」

入社して三ヶ月しか経っていない私に、榮倉さんの心中を理解できるとは思わない。でも――。自分がどう評価されるか。榮倉さんが気にするのは、どこまでいってもそこだけなのか。この人とわかりあうことはこの先もないのか。

「文章の力なんかで会社は変えられないんですよ」

前ならそこで、ギザギザの刃が胸に押しこまれたように感じただろう。

でも、常務に逆らって議事録を社員全員に送ったあの時から、自分の何かが変わったのを感じていた。

「こういう時だからこそ、何を書くかが大事だと、私は思います」

そう口に出したら、腹が立ってきた。

「榮倉さんはいつまで私のことを貶《おとし》め続けるつもりなんですか」

「貶めてなんかない。事実を書いているだけです」

「もっと他のことを書くべきだと思います」

榮倉さんは溜め息をつき、小さく首を横に振ると、番重を取り上げた。

その日の昼休みが終わる頃、ブログ【どうしょもない私の会社を綴る】に、新しい記事がアップされた。

タイトルは『触らぬ文書改竄に祟《たた》りなし』。

「みんなが紙屋さん（仮名）のしたことを支持しているわけではない。わざと誤送信したということも、いつか常務にも伝わり、この会社にいられなくなるだろう。告発なんかするからだ。常務の言うことを聞いていればよかったのに、子供じみたヒーロー心が彼を暴走させてしまった。議事録をちょっと変えるくらい、どこの会社だってやっていることではないか。目くじらをたてることもないのだ。紙屋さんはオトナになるべきだった。どの道、社員は上の命令になんか逆らえない。真実なんか知らずに騙《だま》され続けていたほうが幸せだったかもしれないのだ。こういう時ほど何を書くかが大事だ、などと紙屋さんは息巻いていたが、内心では後悔しているに決まっている」

ずっしりと重い資料を、自分の部屋に持ち帰った。本棚の前に置いて、パソコンを開く。

築倉さんの言葉が頭を回っていた。私のやったことはいつか常務に伝わる。この会社にはいられなくなる。

まず家賃のことが思い浮かんだ。欧沢専務も栗丸さんもすばやく転職先を決めたが、私のような人間を雇う会社が他にあるとは思えなかった。

今度こそ実家に帰る準備をしたほうがいいかもしれない。兄も今度ばかりは失望するだろう。

それから先のことは考えられなかった。考えようとすると胸に暗い靄《もや》が湧いてくる。家族に迷惑はかけたくない。死んだとしても迷惑がかかる。いっそ蒸発してしまったほうがいいかもしれない。日雇いで働くか、あるいは公園で寝泊まりする人になるか——。

その前に、どうしても書いておかなければならないと思った。

【どうしょもない私の会社を綴る】に書かれていた事実は、閲覧数を気にする築倉さんによって歪曲《わいきょく》されているのだと反論する文章を、きちんと書き残しておかなければならないと思った。

つまりは、この文書を私は綴りはじめたのだった。

予防接種のお知らせメールを必死に書いたこと。渡邉さんの熱意に動かされて、初めて提案資料というものを書いたこと。安全標語を考えたり、社内報の執筆を手伝ったりしているうちに、私がこの会社で居場所を見つけていったこと。榮倉さんに自分の文章を貶《けな》され、その言葉をはね返すように書き続けるうちに、議事録の書記に抜擢《ばってき》されたこと。榮倉さんがブログで綴る文章がいいとは思わないけれど、会社での仕事ぶりは心から尊敬しているということ。

書き終わったらネットで公開するつもりだった。だから、出てくる人の名前は、榮倉さんのブログと同じ仮名にした。これで、あのブログの読者も気づくはずだ。あの「紙屋」が書いた反論なのだと。

今までさんざん自分のことを書かれてきたのだ。やり返したっていいはずだ。榮倉さんへのどうしようもない怒りが渦巻いていた。

後悔などしていない。この会社に来たことも、文章の力で社内文書を書いてきたことも、真実でないことを書かないように精一杯努めたことも。絶対に後悔しない。

だから、できるだけ正直に書いた。常務のようになりたくなかったから、自分に都合の悪いことも書いた。「みんなが紙屋さんのしたことを支持しているわけではない」とブログに書かれたところまで綴った時には窓の外が明るくなっていた。関節が軋《きし》み、体がバラバラになりそうだった。すべての気持ちを吐き出してしまった心は空っぽになっていて、得体の知れないエネルギーが湧いてきて空回りしていた。そのまま外に飛び出して歩き回らなければ消化できない衝動が体を支配していた。目に涙が滲んでいた。

最上製粉の人たちと別れなければならない。

私の能力を認めてくれた人たちのもとを去らなければならないかと思うと、自分の人生がごっそりと削られるような気分だった。

絶対に後悔しない。……そうだろうか。本当にそうだろうか。

――内心では後悔しているに決まっている。

桀倉さんのあの言葉が、息をするたびにギザギザした刃を剝《む》き出しにし、行きつ戻りつし、私の頼りない矜持《きょうじ》に食いこんでいく。常務に逆らったりせず、安穏とした日々を送る選択肢もあったのではないか。常務の書記になり、文章だけ書いて、給料をもらい続ける。そんな未来を何度も未練がましく考えている自分がいる。

社内文書には真実が書かれていなければならない。

でもその原則を守った結果、梯子《はしご》を外され、一人ぼっちになってしまう。

会社を辞めさせられるという恐怖よりも、輝一郎の怒りを一身に受けるかもしれないことが怖かった。常務の手の甲の傷が何度も脳裏に映し出された。

私は取り返しのつかないことをしたのだろうか。

最上製粉を傷つけてしまったのだろうか。

やっぱりやめておけばよかった。常務の言うなりになって、見ざる聞かざる言わざるで生きていけば安泰だったのだ。栗丸さんや榮倉さんや渡邉さんと、これまで通り、何もなかったように話している、もう一つの未来にいる自分の笑顔を想像した。

でも、それは堪え難い醜い姿だった。やはり自分のやったことは正しかったのだと思おうとしたが、心の底から湧きでる激しい焦りに内臓が灼かれる。

二つの議事録を誤送信した時から、毎晩のように私の脳裏には修正前の議事録の文字が一字一句、正確に映し出されている。削れ、と言われたところを削らなかった議事録。だんだん怖くなってきて、耳のうしろを何度も爪をたてて掻いてしまう。

なぜ自分なのだ。社長も、専務も、常務も、なぜ私にこんな思いをさせるのだろう。ただの書記、しかも非公式の会議の場の議事録を書いただけの私に。

自分にも腹が立つ。いつもこうなんだ。臆病な癖にだいそれたことをしてしまう。上に楯突《たてつ》くなど、私のような行き場のない者がやるべきではなかったのだ。文章の力などアピールしなければよかった。こんな会社に入らなければよかったのだ。生まれて来たことも過ちだったかもしれない。すべてなかったことにして消えてしまいたい。

子供じみたヒーロー心。

そうだったのかもしれない。次に生まれてくる時は、賢く立ち回れる人間になりたい。胆力のある人間になりたい。兄のように。そのまま倒れこんで眠った。

「……おーい、生きてるか？」

扉を叩く音で目が覚めた。時計を見ると昼を過ぎていた。扉を開けると兄がいた。

「何？」

「迎えに来たんだろ」

しばらく兄の顔を見つめた後、思い出した。生まれて一ヶ月経つ娘を連れて帰国するから実家に一緒に行こう、というメールをもらっていたのだ。すっかり忘れていた。

「最近メール寄越さないな」

と、言いながら歩く兄について、車に乗り込むと、後部座席に少し大きくなった甥っ子たちと、義姉がいた。隣で姪っ子がタオルケットにくるまれて寝ている。兄の人生は順調なのだと思うと羨ましさと焦りとが同時にこみあげてきた。

助手席に座ると、私は最上製粉がどうなっているかを話した。誰かに聞いてもらわないままで口外はしないと約束してもらって洗いざらい話した。

いたら、耳のうしろの皮膚が破けてしまう。

「また思い切ったことをしたもんだな」

兄はハンドルを切りながら言った。

「常務の書記になる道も悪くなかったんじゃないか？　給料もらえるわけだし」

兄でもそう思うのか。私は「もう遅い」と座席に沈みこんだ。

「誰も常務にバラさないかもしれないじゃないか。しれっと書記になっちゃえばいいんだよ。そこで、しばらく耐えれば、そのうち潮目が変わる。立場を利用してうまく立ち回れば、関東製粉に食いこめるかもしれない」

生き抜く力が弟とは桁違いだ。兄を前にすると、兄弟の優劣が残酷なまでにはっきりとわかる。しばらく考えてから、私は言った。

「書きたくないものを書かされるのはいやだ」

「強情だな」

「俺は兄ちゃんとは違う」

子供の頃から、兄ちゃん、と呼んできたけれど、義姉の前では少し恥ずかしい。

「この車に乗るまでは、兄ちゃんの言うようにすればよかったって、俺も思ってた。でも嘘の文書で社員の人たちを欺くなんて器用なこと、俺にはやっぱりできない」

車の窓から個人経営のパン屋の軒先が見えた。ショウウィンドウに大切そうに並べられたパンは黄金色に光っていた。

「オトナになれていないのかもしれない。ワガママなのかもしれない。それでも無理なものは無理なんだ。たとえ頭が命令しても、体が言うことをきかないと思う」

だから仕事ができないのだろう。

私はやりたいことしかやらない。できない。そういう人間なのだ。

「それができてたら、もっと早く正社員になれて、結婚もできて、子供もいたかもしれない。でも俺にとっては、自分の書きたいものを書くことのほうが、よっぽど重要なんだ。この気持ちはコントロールできない。タイムスリップしてやり直せることになったとしても、きっと同じ過ちを犯したと思う。……ごめん、ダメな弟で」

兄はしばらく黙って運転していた。そしてつぶやくように言った。

「そうだな。俺とは違うな。昔からお前は無欲なやつだった」

無欲ではない。文章を褒められたいという欲は人一倍ある。だから怖いのだ。常務に褒められたり、圧力をかけられたりするうちに、今は書きたくないと思っているものまで書きたくなるかもしれない。私は私の欲望についてよく知っている。

「俺はお前が羨ましかった」

兄がブレーキを踏んだ。車は信号の前で静かに止まった。

「お前には人にはない取り柄がある。羨ましいよ。俺にはそんなものないから」

嘘だ。私は兄の首筋を見つめた。兄こそ私にないものばかり持っている。

「……ほんとだよ」

後部座席で義姉が遠慮がちに言った。

「この人はね、家族を養って、会社の役に立ってって、それだけの気持ちでここまでやってきたのよ。やりたいことがある人じゃないの」

「そうだよ」

と、兄が拗《す》ねたように言った。

「だからさ、お前はやりたいようにやればいい。お前はさっきワガママだって言ったけど、俺はそうは思わない。会社はやりたいことをやる人間のためのものなんだから」

ふと頭に榮倉さんがパン種をこねる姿が思い浮かんだ。大山さんが、粉塵爆発事故の研究を役立てたくてこの会社に入った、と語る姿も思い出した。

「そういう奴のやりたいことをさ、俺みたいな、特技はないけど、度胸と図々しさだけはある奴が、あちこち走り回って実現させる。それが会社だよ」

常務に新規提案の資料を読ませようと揉み手をしていた渡邉さんが思い浮かぶ。小麦アレルギーになっても現場に居続ける工員たちの姿も。

「やりたいことを貫け。ただし誰にも服従しちゃだめだ。榮倉さんにもだ。お前が従うのはお前だけだ。万が一、無職になっても心配するな。俺が養ってやるから」

「この人の建ててるビルができたら日本に戻るの」

義姉が後を引き取って続けた。

「そしたら私も復職する。だからね、無職になったら子守りに来てよ。この子たちの小学校の作文の代筆とかしてもらおうかなあ。私もプレゼン資料とか作ってほしい」

「作文の代筆はまずいだろ」兄が笑った。「なあ？」

私は答えられなかった。

「じゃあ添削？……とにかく、私たち家族の心配なんかしなくていいからね」

私はうつむいた。家族の重荷になりたくないがために最上製粉に入った。でも私の重荷にならないように、と思っていてくれたのは家族のほうだったのか。

眠っている姪っ子と、薄い煎餅をバリバリ食べている甥っ子たちを見つめ、もし無職になったとしても、この子たちに誇れるような仕事をしたいと思った。

週が明け、数日が過ぎた朝、社長室に入り、いつものように机を拭く。輝一郎は几帳面だ。散らかっていたことはない。拭くのは楽だった。

昨夜も遅くまで起きて、榮倉さんに反論するための文書を書いていた。しかし、ネットで公開してやるという気持ちはもう萎えていた。誰にも見せないと決めてからは、より正直な気持ちを吐露している。書いている時だけは気持ちが落ち着いた。

今夜も書こう、と机を強くこすっていると、

「紙屋くん」

誰かに呼ばれた。ふりかえると輝一郎だった。私は台布巾に目を落とした。

(まずい……強くこすりすぎてたかな)

掃除中に入ってきたことは今までにもあるが、話しかけられたのは初めてだった。叱

責されるのだろうか。私は身をすくめたが、輝一郎は淡々と言った。

「議事録、見たよ」

息が止まった。どっちの議事録だろう。常務に送った修正済みのほうか。あるいは他の社員に送った修正前のほうだろうか。社員の誰か社長にバラしたのか。

「常務の言う通りに修正したんだってね」

修正済みのほうか。ほっとし、今度は後ろめたくなる。

輝一郎に面と向かうと、入社面接の時に彼がマルをつけてくれたことを思い出してしまう。やはり辞めるべきなのだと思った。しれっと常務の書記におさまって生きていくなんてことは自分にはむいていない。

しかし、輝一郎が語りかけてきた言葉は意外なものだった。

「君にスピーチライターを頼みたい」

「え？」

間抜けな声が出る。意味がうまく飲みこめなかった。

「来週の月曜、マスコミにプレスリリースを行う。その前に全社員を集め、関東製粉と資本業務提携をすることになったことを発表する。その原稿を書いてほしい」

「社長のスピーチ？　そんな重要なものを？　書くんですか？　私が？」

「ここまでの経緯を知っていて、うまく文章を書けそうなのは、君しかいない」

「でも、社長のご心中までは、私にはわかりかねるというか」

なぜ輝一郎がこの会社を手放すことにしたのか、知りたいのはこっちのほうなのだ。

「心中なんて書く必要はないよ。決定事項を伝え、社員の生活は変わらないと書いてくれればいい」

そんなことは私にはできない。すでに多くのことが変わろうとしているのだ。

「あの……。それだけしか話さないなら、原稿は要らないと思いますが」

遠回しに断ったつもりだったが、輝一郎は小さく息をついて鞄を机に置いた。

「人前で喋るのは苦手だ」

その時、机の電話が鳴り、輝一郎がとった。鋭い目を私に向ける。出て行け、ということだろう。断り損ねてしまった。どうしたものだろうと給湯室に行き、台布巾を洗っていると、渡邉さんが忙しげにやってきた。

「紙屋、お前のうしろの冷蔵庫から唐揚げのサンプル出して。早く」

言われた通りにすると、渡邉さんはサンプルを紙袋に入れながら、

「お前、辞めんのか?」

と尋ねてきた。私は目を伏せた。

「……はあ、まあ、あんなことをやらかしたんですから、辞めるべきかと」

「え? なに? 議事録のこと? 馬鹿なの? あんなのがやらかしたうちに入るんだ

ったら、俺なんか二十回は辞めてるよ」

「もし残れたとしても、常務の下に入ることになります」

「そりゃ御愁傷様。しかし関東製粉にとっちゃ、引き継ぎが終わったら常務なんてポイだぜ。風向きなんかすぐ変わるんだって」

栗丸さんや、兄と同じことを言う。

「渡邉さんは辞めないんですか」

「俺？　辞めないよ」渡邉さんは真剣な顔になった。「住宅ローンあるもん」

「え、そこですか？　会社に恩義があるからとかじゃなくて？」

「お前さ、常務の作った社史を信奉し過ぎなんだよ。あれは美しい思い出。美談てんこもり。みんな食うために働いてんの。恩義なんかあったって腹は膨らまねえよ」

——心と体に栄養を。

古い社是が頭に浮かんだ。満輝は戦後の食糧危機に苦しむ人々のために最上製粉を創った。それは紛れもない事実だ。直筆の決意書も、あの社史には掲載されていた。

そうか、食わせるため、だったな。それがこの会社の原点だ、とぼんやり思った。

「まあ、でも、お前や榮倉ちゃんは、未来のある会社に雇ってもらったほうがいいんだろうな。若いうちはやりがいも大事だもんな。こういう時は能力のある奴から辞めていくんだよな。残るのは養わなきゃいけない家族をしょった中年ばっかり」

渡邉さんは少し寂しそうだった。長年の仇敵《きゅうてき》である栗丸さんがすでに転職先を決めていることを、このおじさんはまだ知らない。私は思わず目をそらした。

「榮倉さんはともかく、私を入れてくれる会社なんてないですよ」

「え、なんで？」

渡邉さんは怪訝な顔で言うと、廊下を忙しく歩き去った。

理由はわかりきっている。私に文章以外の取り柄はない。この会社の人たちは優しかったけれど、よそでは到底通用しないことくらいわかっている。転職エージェントも言っていた。会社では文章を書く力など求められないと。

栗丸さんは今月末で辞めることになっている。そろそろ私も退職願を書かなければならない。

そう思ったら、社長スピーチを書いてみたいという気持ちがむくむくと湧いてきた。

そんなものを書くチャンスなんて、この先の人生で二度とないだろう。

いや、やっぱりダメだ。あんなに後悔して苦しんだではないか。書きたくないものは書かない、誰にも服従しない、と誓ったばかりではないか。

台布巾を畳みながら、書いてしまえという心の声と、どうせ苦しむだけだからやめておけという声と、両方に苛《さいな》まれる。頭が痛くなって、私はトイレの個室に入り、スマートフォンを取り出した。そして、はっとした。

（榮倉さんのブログが更新されている）

前回の更新以来、榮倉さんには徹底的に避けられている。このまま口をきかないまま退社することになるのだろうと思っていた。

新しい記事が掲載されたのは昨日の夜のようだ。タイトルはこうだった。

『この会社を綴るにふさわしいのは誰なのか』

私は瞬きした。いつもと違う。しかし、どうせ私への攻撃だろう。小さく息をついて、覚悟を決めてから私は一行目を読んだ。

「紙屋さんにはかなわない」

私は、また、瞬きした。

「私がこのブログに引きこもっている間、紙屋さんは会社にあふれる様々な文書を書いていった。それが私は気に入らなかった」

榮倉さんはいったいどうしたのだろう。心臓の音がうるさかった。

「彼の文章を読んで、社員たちがちょっとだけ、ほんのちょっとではあるけれど、変わるのを見ると腹が立った。あんなもの自分にも書ける。書いてもたいして変わらないからやらないだけだ。そう思っていた。でも、私がそうやって、何もしないでいる間に、会社は大きく変わってしまった」

その後には、創業一家がこの会社から手を引き、さらに古い体質の会社に経営が任されることになったことが書いてあった。「紙屋さん（仮名）」が議事録の改竄を命じられたことや、社員全員に真実を暴露したことも書かれている。

これを常務が読んだら、と胃の奥が握りつぶされるようだったが、記事の最後に桀倉さんはこう書いていた。

「紙屋さんは会社を綴ってきた。圧力に屈せず、傷つくことも恐れずに、書いてきた。それに比べて私は――。誰かをうまいこと批判して、自分は絶対に批判されないように立ち回って、その結果、私の書き残したものとは、なんだったのだろう」

心臓の音が一層、うるさくなる。

「どうしようもない部分にばかり目を向けて、ここで愚痴ばかり吐いて、自分に都合のいい事実だけを面白おかしく書いて、閲覧数だけ見て胸をスッとさせて、あれはまるで麻薬だった。現実と戦っていないことを誤魔化してくれる麻薬だった。でも、厳しい現実が目の前に訪れた今、こう思う。大好きな仕事のこと、頭をひねりながら試作してきたパンたちのこと、大好きな会社のことこそを、もっと綴っておくべきだった。誰にも見てもらえなくても、コメントなんかもらえなくても、書くべきだった。書きたいことは沢山あったのに。入社三ヶ月目の紙屋さんなんかよりも本当は、沢山、沢山、私にはあったのに」

文章はいつもの記事の三倍はあった。私は夢中で読んでいた。

「こんなことを言っても詮無いことだけれど、もし私がそうしていたら、顔も知らない人ではなくて、近くにいる人たちに読んでもらっていたら、こんなことにはならなかったのではないか。社長は会社を売ろうとは思わなかったのではないか。そんなとてもわずかな可能性のことを考えて、私はこの二週間、クヨクヨしています」

プレビュー数は五百二十五。今までで一番多い。しかし、コメント欄を見ると、いつものおじさん批判記事に賛同のコメントを寄せていた常連の姿は、今日はなかった。代わりに、見たことのないアカウントがコメントを残していた。

「たぶん、あなたと同じ会社の者です。けっこうなおじさんです」

と、書いてある。

「ブログずっと見てましたよ。コメントするのは初めてだけど……頑張ろうな！」

考えるより先に体が勝手に動いた。榮倉さんに会わなければ。

トイレを出たところで、榮倉さんに鉢合わせした。驚いた顔で、急に出てきた私を見ている。

「記事、よかったです」

それしか言えなかった。あのコメント以上に力強い言葉など思いつかなかった。私には製粉や、製パンの技術があるわけでもない。営業もできない。頑張ろうな、なんて頼もしい言葉は私には吐けない。

「読んだんですか」

榮倉さんは苦笑いした。

「とうとう身バレしました。まさか紙屋さん以外の社員にも読まれてたなんてね」

「気にせずに、これからも書いたらいい」

記事を読んでいた間、口をポカンと開けていたせいで、舌が乾いてうまく喋れない。

「私は読みます。榮倉さんの綴る、最上製粉のことを」

私が辞めた後も、とは言えなかった。ああそう、と興味がなさそうに言われたら、これからの人生を生きて行く力まで失われそうで。ただこれだけ言いたかった。

「少なくとも私はずっと読み続けたいです」

榮倉さんは微笑んだ。そして、ふっきれた顔で言った。

「……じゃあ、ライバル同士で、今夜、飲みにでもいきますか」

その夜、榮倉さんとの間にあったことを、この文書に書くべきか未だに迷っている。何も起きなかったのだ。あれはきっと私の勘違いだったのだ。彼女が私にあんなことを許すはずなどないのだから。

榮倉さんに連れていかれたのは会社近くのイタリアンだった。渡邉さんの行きつけの居酒屋とは明るさと清潔さが違う。でも食べることが好きな人たちの活気で満ちているという点では同じだった。榮倉さんはワインを何杯も飲んでいる。

「関東製粉にいようが工場にいようが、開発の仕事はできるんですよね。最上製粉がなくなるわけじゃないし、パンを作ってほしいって言われる限り、私の居場所がなくなるわけではない。変化はあるかもしれないけど、悪いことばかりじゃないと思う」

榮倉さんの未来は輝いている。一方、私は、と思うと気分が沈んでいった。

「何か悩みでもあるんですか?」

迷った挙げ句、社長からスピーチライターを頼まれたことを打ち明けた。

「やったらいいのに」

「いや、でも、榮倉さんみたいに変化を受け容れようとしてる社員の人たちにむかって、何も変わらないなんて言うスピーチを書きたくはないですし」

「言われた通りに書かなきゃいいんじゃない? 紙屋さんはいつもそうでしょ。あ、そうだ、社長の本当の気持ちを紙屋さんが想像して書いちゃったらどうですか?」

榮倉さんはいつも私の思いもつかぬことを言う。

「創業一族に生まれた三代目の気持ちなんて、私には想像もできません」

「そうかな。社長と紙屋さんって似てる気がする。コンプレックスが強いところとか」

たしかに、輝く家族に囲まれ、比較され続ける人生という点では似ていなくもない。

「社長と私では悩みのレベルが違います」

「……そっか。なんだ書かないのか」

榮倉さんはつまらなそうに言った。一人でワインを一本空けている。飲み過ぎだ、と止めたが、聞かずに仕事の話をしている。餡パン事業の引き継ぎが終わっても関東製粉はこの人材を手放さないのではないか、と私は思った。

「紙屋さんも辞めないでくださいね。東京に残すって言われたんでしょう」

私は曖昧に笑った。

彼女は関東製粉に行く。それでも私が辞めさえしなければ、同じ会社にいさえすれば、頻繁に顔を合わせるだろう。そんな未来はもう何度も未練がましく考えた。

店を出て、駅のホームに着くと、榮倉さんは「紙屋さんちに行こう」と言った。彼女の住む実家は埼玉の奥地にあり、もう終電がないのだという。だからといって独り暮らしの男の家に一人で来るなんてまずいのではないか。

ネットカフェに行こうと提案したが、「イヤです」と首を横に振られた。酔っているのだろうか。たぶんそうなのだろう。

でも、万が一、酔っていないのだとしたら、これはいったい、どういうことなのだろう。

〈榮倉さんがうちに来たいって言ってる。ちなみに今、日本は深夜〉

兄に判断を仰ぐメールを送っている間に、榮倉さんは電車に乗りこんでしまった。しかたなく、五駅先にある最寄り駅で降りた。駅前の喫茶店は軒並み閉まっていた。

やむなく自宅のマンションに案内し、中に通した。その時、兄から返信が来た。

〈部屋に通したら、後ろから抱きしめろ。あとは流れで〉

ベッドの前に立っている彼女の細い肩に目をやった。兄に怒りを覚えるのはこういう時だ。そんなこと私に許されない。相手は榮倉さんだ。同意もなく手を握るような常務と同じにはなりたくないし、同意は永久に得られることはないだろう。

でも、自分の思いを伝えるとしたら今しかないのもたしかだった。

そこまで考えたところで混乱した。私の思いってなんだ？

「……紙屋さん」

榮倉さんがふりかえった。張りつめた表情で私を見ている。

動悸がした。彼女の手を握って引き寄せたいという衝動を覚えた。それが無理だとしても、手だけでも握りたい。辞める前に一度だけ。ここに来たということは、彼女もそのつもりなのではないだろうか。むしろ向こうから誘っているのかもしれない。わからない。でもチャンスは今しかない。

その時、榮倉さんが言った。

「なんですか、これ？……紙屋って書いてあるけど」

指の先には紙の束があった。榮倉さんへの反論のつもりで書きはじめ、今も書いていることの文書だ。推敲のために印刷してベッドに投げ出してあったのだ。総毛立った。

「これ、私がブログで使ってる仮名ですよね。何書いてるんですか？」

「見ないでいいです」

手を伸ばし、紙の束を乱暴にひったくった。

「え、なんで、見せてくださいよ」

「恥ずかしいので」

「人のブログは見るのに？　紙屋さんの文章も見せてください。なんで隠すの？」

これを見せるくらいなら後ろから抱きつくほうがマシだ。

「あっそ」榮倉さんはベッドに座った。「寝ます」

「え？　……ああ、寝に来たんですか」

「他にやることあります？」

「ないですね。……はい、どうぞ」

人の家を無料の宿泊所だとでも思っているのだろうか。私のことは男とも思っていないのだろう。やはり、兄のアドバイスに従わなくてよかった。危うく自分の身の程を見失うところだった。私は床に落ちていたタオルケットを拾って渡した。榮倉さんはさっさと横たわってくるまっている。背中を丸めて壁を向いている。

私はどこで寝たらいいのだろう。床という選択肢もあるが、同じ部屋にいたら下心があると思われそうで憚《はばか》られる。文書を抱えたまま、浴槽にタオルを敷いて寝ることにした。ここだったら熟睡はできない。文書を取り上げられそうになってもしがみつける。

無理矢理に目を瞑《つむ》ったが、なかなか寝付けなかった。何度も姿勢を変えていると、顔に小さな風が当たるのを感じた。浴室のドアが開いたらしい。

「紙屋さん」

紙の束を胸の奥に抱えこんで、私は固く目を瞑った。

「寝ちゃったんですか？」

自然に呼吸しているようにふるまった。少しして、ぐい、と紙の束を引っ張られた。

私は手を離さない。決して離さなかった。そして、榮倉さんがまだそこにいるのかどうかもわからないまま、熟睡するふりをするうちに眠りこんでしまったらしい。

目覚めた時、体中が軋んだ。首が変な風に曲がっていて寝違いを起こしていた。紙の束は引っ張り合ったせいで少し歪《ゆが》んでいたが、胸の中にあった。

ベッドのある六畳間を覗くと、榮倉さんはもういなかった。帰ったのだ。ベッドにはタオルケットが畳まれて置いてあった。机を見るとメモが残っていた。「そこまでして読まれたくないですか？」と書いてある。

私はベッドに座りこんだ。自分の気持ちを正直に書いたものを見られるのが、こうまで恐ろしいとは思わなかった。榮倉さんには書け書けと言ったくせに。心底情けなくなる。

　まして、長年尽くしてくれた社員たちの前でスピーチをするのは私の考える以上に重荷なのだろうな、と輝一郎の心中に思いがいった。だから原稿を私に頼んだのだろうか。

（……いや、待てよ）

　私は目をこすった。もう一度考える。ただ決定事項を伝えるだけならば、栗丸さんに原稿を頼んだほうが間違いはないはずだ。栗丸さんなら、社長の言った通りのスピーチ原稿を書いてくれるはずだ。いや、他人に頼らずとも、輝一郎自身が書けるはずだ。

　輝一郎はなぜ私に頼んだのだろう。理由があるのではないだろうか。

──弟がいつか、こいつにしかできないことで御社のお役に立つ時が来ると、私は信じています。

　そう言って兄が頭を下げた時、輝一郎はムッとしていた。

──私もそう信じています。でなければ採用はしません。

　輝一郎は私の何を見込んで採用したのだろう。そして、会社に取り残される社員に何を伝えたいのだろうか。

　しばらく考えてから、私はパソコンに向かい、キーボードを打ち始めた。

　月曜日、東京本社の社員は会議室に集められた。大きいモニターが据えられている。

テレビ会議システムを用いて工場に中継するのだ。

社員が揃うと、輝一郎が現れた。

言われた通りに書いたスピーチ原稿は金曜に見せてあった。この会社は何も変わらない。注文通りの内容でしめくくられている。輝一郎は淡々と言った。

――いいんじゃないですか。

表情から心の奥は見通せなかった。細部を修正して当日の朝渡します、と私は言った。

約束通り、輝一郎が壇上に上がる前に、私は歩み寄ってプリントアウトしたばかりの紙を渡した。

「どうも」

と言い残し、マイクの前に歩んでいく輝一郎を緊張して見送る。

社員たちは並べられたパイプ椅子に座り、食い入るように輝一郎を見ている。

あの時に似ている。中学の卒業式で、私が書いた答辞を持って、壇上に上がるラグビー部の植木くんを見ていた時、自分が読むわけではないのに心臓が高鳴った。植木くんが原稿を広げた時、緊張は最高潮に達した。最も気持ちをこめて書いたくだりで、女子たちが涙ぐむのを見た時、胸に力が湧いてくるのを感じた。みんなの前に立たなくてもいい。文章で人の心を動かすことができれば満足だった。あの頃から私はずっとそうだった。

「遅くなりました」

輝一郎は咳払いをして、私が渡した紙を広げた。

そして、止まった。

眼球が小刻みに動いている。忙しく目を通している。私はその顔を見守った。

金曜に見せたのとは全く違う文章が、そこには綴られているはずだ。

輝一郎は顔を上げた。社員たちの顔を探すように見ている。誰がこれを書いたのだろうか、と疑問に思っているのだろう。

玄野常務が不審そうな顔になる。

社員にも落ち着かない空気が流れた。榮倉さんが私を怪訝そうに見ていた。私がやったことを知れば怒るかもしれない。でも、輝一郎にどうしてもあれを読んでほしかった。

自分で書いたスピーチ原稿は、今も私の手元にある。

代わりに、榮倉さんの書いた記事『この会社を綴るにふさわしいのは誰なのか』を、プリントアウトした紙を、私は輝一郎に渡したのだった。

——大好きな仕事のこと、頭をひねりながら試作してきたパンたちのこと、大好きな会社のことこそを、もっと綴っておくべきだった。

その文章を、輝一郎は読み上げることができないだろう。

でも榮倉さんの思いは届くはずだ。工場で、開発室で、小麦粉が作られ、パン種が練られる様子を幼い頃から見てきた輝一郎が何も感じないはずはない。

榮倉さんのように、自分がどんな行動をしていたら、最上製粉が最上製粉のままでいられたのかと後悔している社員たちに、輝一郎はきちんと答えるべきなのだ。

どうして会社を売ることになったのか。社員を手放してしまうのか。

彼自身も本当は説明したいのではないか。だから私に頼んだ。私なら輝一郎の本当の気持ちを書いてくれるのではないかと思ったのだろう。私だって、書きたかった。書いてみたかった。でも私が書いたのではダメなのだ。

最上製粉が最上家のものであり続けた六十七年間。その最後の日を飾る言葉は、輝一郎自身が綴る言葉でなければならない。

輝一郎はしばらく黙っていたが、小さく深呼吸してから、口を開いた。

「ごめん」

そう言って、役員席を見た。常務の傷ついた手を見つめ、それから深々と頭を下げた。

「私は、ゲンちゃんの期待に応えられなかった」

それは、幼い頃に、玄野を呼んでいた名前なのだろう。彼の父や祖父もそう呼んでいたのかもしれない。社員が家族同然だった時代のことだ。

「皆さんにも謝らなければなりません」

輝一郎は社員に視線を向けた。

「あの議事録を改竄させたのは私です」

やはりあれはそういうものだったのかと言われ、改竄、すうっと背筋が寒くなった。

と胃が重くなる。

「私にも、議事録が二つあることを報せるあのメールは回ってきていました。私のメールアドレスは二つある。対外的なものと、社内向けのものと。紙屋くんが後者をメーリングリストから外し忘れていたんです」

恐る恐る栗丸さんを見た。やれやれという顔になって目を瞑っている。

「改竄を命令した者は、おそらく私の望みを汲みとったんでしょう。社長としてのプライドを守ったまま、この会社から逃げたいという心を、私を幼い頃からよく知っているその人は察してくれたのだと思います。それは私が直接命令したのも同じことです。いや、その人が手を下さずとも、紙屋くんを書記に指名した時から私は、彼が私に都合のいい議事録を作ってくれるのではないかと密《ひそ》かに期待していたのです。……いずれにせよ、私の弱い心のせいで、彼には苦しい決断をさせてしまった。改めてお詫びします。すまなかった」

私は玄野常務のほうを見られなかった。どんな顔をしているのだろう。私が裏切ったと知って怒り心頭なのか。それとも、もっと別の気持ちでいるのだろうか。

「しかし、バレてホッとする気持ちもありました」

頭を下げてしまうと、輝一郎は一気に楽になったらしい。

「皆さんが、私を不甲斐ないと思っていることは子供の頃からよくわかっていました。実際、私はそういう人間です。それでも、私以外にこの会社を継ぐ人間はいない。子守り歌のようにそう言われて私は育ちました。社員の皆さんの生活を支えるのは自分しかいないのだと気負って、自分自身の夢など持たず、すべてを捧げてきました」

その人は、ただの三十五歳の青年に見えた。

私は使わなかったほうのスピーチ原稿を裏返した。そして、輝一郎の言葉を書き留めた。それができるのは私しかいないと思ったからだ。

「社長になってからは毎晩眠れませんでした。前社長はなぜこうも早く逝ってしまったのか、酒も煙草も浴びるように呑んでいた親父に心底腹が立った。やっと眠れたと思ったら、厳しかった祖父が夢に出てきて情けないと怒られた。そりゃ、先代と先先代の時代は、経済は上向いていて、頑張ればなんでも実現したのかもしれない。でも今は違う。物が売れない時代なんだ。……そんな風に、外部要因のせいにする自分も嫌だった。悪夢にうなされて、朝になれば出勤してくる皆さんの視線に怯えて、自分が無能な社長であることを知られたくなかった」

社員の中から野次が飛んだ。

「そんなこったろうと思ったよ」

渡邉さんだった。行儀悪い姿勢で座ったまま、また野次を飛ばす。

「キイちゃんの気が弱いことは、みんな、わかってたよ！」

輝一郎はそれを聞くと、ふっと肩の力を抜いた。

「そうですね。正直に皆さんの助力を乞うていればよかったのかもしれません。欧沢専務の意見に従い、あきらめずに生き残りの道を探すべきだったのかもしれない。でも臆病者の私にはこの決断しかできなかった」

私の隣で栗丸さんが言った。

「臆病者の下す決断のほうが時期を得ているということもあります」

顎を上げて輝一郎を見据え、静かだけれど、よく通る声で言う。

「新たな淘汰《とうた》の波がきていることは確かなのです。無理をしていたら、社員一同路頭に迷っていた可能性もある。創業家が早めに手を引いたのは英断だったと後世の人は言うかもしれません」

「……まあ、ヨシさんも今思えば、そこまでいい社長でもなかったかもな」

渡邉さんが隣のおじさんに話しかけている。完全なる私語だ。

「火の中に飛びこんだ時なんか、下手したら俺、巻き添え食って死んでたもん。しかも後で初代に俺だけ殴られたんだぜ。親子揃ってパワハラだよな、な？」

「渡邉さんにパワハラとか言われたくないよ」とおじさんが言返したので、みんなどっと笑った。

輝一郎は、居ずまいを正し、関東製粉との資本業務提携が決定したことを社員全員に告げた。そして、最後に言った。

「これから色々なことが変わっていくでしょう。しかし、変わらないものもあります。人は食べなければ生きていけません。お腹がいっぱいでなければ、笑うことも泣くことも仕事をすることもできない。皆さんの仕事を、最上製粉を、これからも私は誇りに思います」

拍手が起きた。

私はボールペンを動かし続けた。最上輝一郎社長の最後の言葉を一字一句漏らさずに書き留めていた。ようやく最後まで書き終えた時、

「……紙屋くん」

と呼ばれ、私は顔を上げた。輝一郎が目の前にいた。

「誰が書いたの？」

榮倉さんの文章が印刷された紙を差し出している。

「これってブログだよね。誰が書いたものかな」

「言えません」

「できれば直接感謝を伝えたいんだけど」

「それは匿名で書かれたものですから。本人も身バレしたくないと思いますし」

「そうか」

輝一郎は小さくうなずいた。

「……ありがとう、紙屋さん。最終面接で会った時から、いや履歴書を読んだ時から、いつか君が僕を助けてくれるんじゃないかって、なんとなく、本当になんとなくだけど、思ってた。……雇ってから後悔したけどね。社長室の掃除もいい加減だったし」

自分より三歳年上のその青年は、今は社長という鎧を脱いでしまっていて、すっかり無防備に見えた。

「雇った責任を最後まで持てなくてすまなかった」

私は首を横に振った。そして言った。

「私は会社の役に立てたでしょうか」

唇に笑いを浮かべ、輝一郎は「さあ」と言った。

「でも、少なくとも僕は助かった」

輝一郎が会議室を出て行くと、社員たちも持ち場へ戻っていく。みな、どこかさっぱりした顔だった。

しかし、玄野常務は椅子に座ったままでいた。むこうを向いているので表情は見えなかった。手が動いていた。自分の手の甲の傷をゆっくりとさすっていた。

翌日から、栗丸さんは株主や取引先に送る新しい社長の挨拶状の作成に追われた。

私は榮倉さんと資料のスキャンを続けた。読みこみが終わった資料はシュレッダーにかけた。……と、見せかけて持ち帰っていた。書庫の本の廃棄作業もはじまった。

「この社史、社員には配られなかったんですよね」

榮倉さんが書架から最後に抜いたのは、閲覧用の『最上製粉　感謝のあゆみ六十五年』だった。これも廃棄する。社長室に一冊あれば充分だと栗丸さんには言われている。

「もらっておいたらどうですか？　いい記念になるかもしれない」

榮倉さんはうなずき、自分のロッカーに入れに行った。

二週間後、書庫は空になり、代わりに関東製粉から送られてきたサンプルが運びこまれた。開発室が解体される日も決まった。

その前日の昼休み、榮倉さんは番重に試作品を満載してオフィスに運んできた。

「冷凍庫の生地、全部焼いちゃいました」

社員たちにパンを配っている。

「沢山あるので、ご家族のお土産にどうぞ。……あ、ただし、他の階の会社の人にも配るつもりなんで、全部持ってかないでくださいね」

「榮倉ちゃん、あーんして」渡邉さんはまだ言っているが、

「セクハラですよ」棨倉さんはきっぱり言い渡している。「意識が古すぎる」

私はぼんやりと考えていた。棨倉さんはこれからどんな人生を歩むのだろう。きっと良き伴侶を得て、子供に恵まれて、幸せに暮らすのだろう。兄のように。

玄野常務は工場のほうに戻っている。再来週、新社長の就任に合わせて東京に転勤してくるそうだ。

退職願はもう出してある。栗丸さんによれば、常務は黙って私の退職願を受理したそうだ。当然だが、慰留されなかった。二週間後、私はもうこの会社にはいない。

その前にやり終えておかなければならないことがある。

マンションに帰ると、私はパソコンの前に座り、明け方までキーボードを叩いた。この二週間、毎晩そうしている。おかげで日中は眠くてぼんやりしている。

部屋の半分を埋めつくす、資料の山をひっくり返し、社内文書のあちこちに埋もれている歴史を掘り返していく。それを文章にしていく。

社史を書くのだ。

『最上製粉　感謝のあゆみ六十五年』の、その後の会社の歴史を編纂する。輝一郎が社長に就任してから退くまでの、二年間のことを書き記しておかなければならない。私が書かなければきっと誰も書かない。

これが終わったら辞める。事実上の子会社となった最上製粉の社史が編纂されることはもうないのだと気づいた時に、自然とそう決めていた。

渡邉さんは食うために働いているのだと言っていた。私は違う。そんな器用なことはできない。書きたいものを書いたら辞める。そう決めて、やっと気持ちの整理がついた。先のことは考えないようにして、ひたすら文章を書く。

製本にいくらかかるのか、ネットで調べてみる。布張りの製本は値が張る。給与から払うとすると、まとまった数を頼むのは難しい。さらに調べていくと、同人誌の印刷を請け負う会社を見つけた。ソフトカバーになってしまうが安くすむ。一週間ほどで印刷できるらしい。つまりはあと一週間しか、執筆する時間はないということだ。

慌ててある人に依頼のメールを送る。たった一人だけ、新たに文章を書き足してもらいたい人がいるのだ。一時間もせずに返事が来た。快く引き受けるという返事だった。

それから私はただ書き続けた。独りよがりな行為だとは勿論《もちろん》わかっていた。

月曜日の朝、きっかり九時に、関東製粉の常務にして最上製粉の新社長である榊原《さかきばら》伸一《しんいち》が、東京支社にやってきた。

私は社長室で机を拭いていた。扉が開かれる音を聞いてふりかえると、輝一郎がいた。

一年限りの顧問に就任した元社長は、私を認めると微笑を浮かべ、

「彼が総務部の紙屋くんです」

と榊原新社長に紹介した。

「ああ、君が紙屋くんか。鶴屋の餡パンへの提案資料を書いたんだってね？　僕も読んだけれど、なかなか素晴らしかった」

「ええ。しかし、残念ですが、彼は今日が最後の出社です」

輝一郎のうしろには玄野常務がいた。この二週間ですっかり老けこんだように見えた。私には目も向けない。存在しないものと思おうとしているようだった。

「そこにあるのは、最上さんの蔵書ですか？」

重厚な装丁の法律の本が並んだ書架の前に立つと、榊原新社長は目を細めて背表紙を眺めた。そして手を伸ばし、一冊に指をかけた。

引き出したその本は分厚く、布張りの表紙だった。『最上製粉　感謝のあゆみ六十五年』というタイトルが箔押しされている。

驚いた顔をした常務に、新社長は言った。

「まずは社員の皆さんのこれまでの歩みを理解したい。前の会社では、それを怠ったばかりに随分、手痛い思いをしました。たしか常務が編纂を指揮されたとか。思い入れがおありでしょう」

「ええ、それは、そうですが……」

「六十五年ということは、良輝氏が急逝された年までということですね。輝一郎氏が就任して後のことは書かれていないということですか」

榊原新社長の頭にはすでに大まかな年表が入っているらしい。玄野常務は口をひきつらせて笑った。

「たった二年のことですから、新社長が気にされるほどのこともありませんよ」

「直近のことのほうが、むしろ私は気になりますよ」

表紙を開いた榊原新社長は、「ん？」と眉をひそめた。私は手を握りしめた。

まさか、今読まれるとは。

さっき、この部屋の掃除をする前に書架に忍びこませた自分の著作物が、新社長の手によって取り出されるのを、私は息を詰めて見つめた。

「この薄い冊子は何ですか？『試行錯誤の二年間 資本業務提携を記念して』……というタイトルが書いてありますが」

「資本業務提携を記念？」

玄野常務が困惑した顔になった。私はやむなく言った。

「六十五年史の後の二年間を書いた、新しい社史です」

三人は黙りこんだ。輝一郎も口をきかなかった。彼だけは私を見つめている。最初に口を開いたのは玄野常務だった。

「これは君が書いたのか？ 自分で製本までして？ ……なぜ？」

「書きたかったからです」

私は言った。玄野常務の顔には怒りよりも困惑の色が濃く出ている。

「そんな、書きたいからって、君みたいな平社員が、しかも辞めることが決まってる社員が、こんなもの作って、恐れ多くも社長室の書架に」

「まあ、なんだかよくわからないが」

榊原新社長は鷹揚《おうよう》に言った。

「三代目社長就任から資本業務提携に至るまでが書いてあるんですね？　どんなことがあったのか、社員の皆さんがどんな気持ちで過ごしたのか、参考になるかもしれない」

「いや、そんなものをお読みになる必要はありませんよ」

常務が慌てて言ったが、榊原新社長は新しい社史をすでにペラペラとめくっている。

「紙屋くんの名前は、見せていただいた議事録にもありましたね。書記に命じたのは社長ですか、常務ですか？　どちらにしろ、信頼できる書き手だということでしょう」

「その通りです」と輝一郎が答えた。「信頼できる書き手でした」

「紙屋、これは、どういうつもりなんだ」

玄野常務が威嚇するように私を見る。私も負けずに見返した。

後ろ暗いことがない人間は強いのだと、その時わかった。真実をありのまま書くことは苦しい作業だったけれど、おかげで恐れなければならないことは私には何もない。

玄野常務も自分の行いが正しいと思っているのなら堂々としていればいい。新しい社史にはでき得る限り、真実を書いた。ここで見聞きしたこと。持ち帰った資料から読み取ったこと。なるべく私情を挟まずに公平に書いた。

社史が語るのは栄光に満ちた過去だけではない。

最上製粉の六十七年間の歩みの、その先にある未来を、読む人に語りかけることができなければ意味がない。そして、その未来は真実の上に立脚していなければならない。

自分を騙しながら綴った会社のその先に、疑いに満ちた過去の進む先に、光に満ちた未来など待ってはいない。

まさかこんなに早く見つかるとは思わなかったけれど、渾身の一作を、この新しい社長に託すことができて満足だった。

「楽しんで読んでください」

一礼して社長室を出た。机に戻り、荷物をまとめる。もともと私物は少ない。栗丸さんは先週辞めている。誰もいない隣の席に、ありがとうございます、と頭を下げてオフィスを出た。

喫煙室を覗くと渡邉さんがいた。

「もう帰んのか?」

「はい。書類上は昨日で退職なので。今日は荷物を取りに来ました」

この人に伝えなければならないことがある。渡邉さんの煙に咳きこみながら言った。

「今日の午後、渡邉さん宛に段ボールが届きます。そこに、この二年間のことを書いた社史が入っています。私の代わりに、欲しいという方に配ってもらえませんか」

渡邉さんは興味がなさそうだった。

「よくそんなつまんなそうなものを書くな、お前は」

「渡邉さんにも読んでもらいたいです、私は」

渡邉さんは煙を吐き出し、「一冊いくらだ?」と言った。

「お前、それ自分の金で刷ったんだろ? 俺が代金回収しといてやる」

「そんなこと言って着服するつもりでしょう」

私が言うと、渡邉さんは「信用ねえな」と怪しげに笑った。

「ベテラン営業をなめんなよ。関東製粉の奴らにも売りさばいて、追加発注しなきゃいけないようにしてやるわ。まあ、俺は読まないけどな」

「そうですか。でも営業部の皆さんのことも書いてますよ。けっこう格好よく」

そう言うと、猛禽類のような顔をしたおじさんは「ん?」と落ち着かない顔になった。

最後に榮倉さんに会ったのは、そのすぐ後、商店街の肉屋だった。

彼女はすでに関東製粉に出向していたが、私の最後の出社だと聞いて、わざわざ見送りに来てくれたのだ。肉屋は開店したばかりだったが、お店のおじさんは、榮倉さんにコロッケ、私にはメンチを揚げてくれた。

ベンチに腰かけると私は社史を編纂し、自費出版までしたことを話した。

「紙屋さんって、ほんとに、書くこと以外は、何にも興味がない人なんですね」

榮倉さんはあきれている。

「いや、読むのも好きですよ。榮倉さんのブログ、楽しみにしてます」

「これから……どうするんですか？」

「私を入れてくれる会社を探します」

私は四ヶ月前にお世話になった転職エージェントの迷惑そうな顔を思い浮かべた。

「そんな会社があるのかどうかはわからないけど」

「次の会社の人もきっと大変でしょうね。いろんな意味で」

メンチの衣はサクサクしていて、かじりつくと中から肉汁が染みだしてきた。美味しかった。心と、体と、両方から力が湧いて出るように思った。

「また会えるかな」

別れ際、榮倉さんが言った。

どうだろう。また会う気になどなるだろうか。

私は答えずに歩きだした。おじいさんがふらふらと運転する自転車を除《よ》け、地元で愛されている神社の前を過ぎ、商店街を抜け、駅まで歩いた。

下町情緒のあふれるこの街の片隅にある最上製粉株式会社の社屋に、初めて面接にやってきた日のことを思い出す。あの頃はまだ東京本社と呼ばれていた。社屋のある方角に、お世話になりました、と頭を下げてから私は駅の入り口を潜《くぐ》っていった。


そうして私は最上製粉を辞めた。

この文書も、そろそろ終わりにしなければならない。としかし、ここまで書いてもまだ、私には私の気持ちがはっきり摑めてはいない。とくに榮倉さんをどう思っているかについて、うまくまとめることができない。なので、無責任だとは思うけれど、最後に（おわり）と書いたら、この文書をメールに添付し、宛先に榮倉さんのメールアドレスを入れて、送信ボタンを押そうと思う。

死ぬほど恥ずかしくはあるけれど、そのままを読んでもらうしかない。読んでどう思われるかは、私のコントロールできるところではない。本格的に嫌われるかもしれないし、またブログに怒りの記事が載るかもしれない。

それでも正直な気持ちを、彼女に読んでもらいたいという衝動を、私は抑えることができなかった。夢中で書いたこの文書が誰にも読まれないなど耐えられない。それに、わりと面白いんじゃないかという自惚《うぬぼ》れも抑えられない。

私はまた、取り返しのつかないことをやらかそうとしているのだろうか。

でも、手が、指が、勝手にメールの本文を書いていた。


榮倉さんへ。

その後、お元気でお過ごしですか。

この前は「見ないでいい」なんて言ってごめんなさい。

無職になった私が書くこの文章は、もはや社内文書ではないし、あなたが読む義務もない。どんな名前をつけたらいいのかもわからない。でも榮倉さんにこそ読んでほしいのです。

恥ずかしさも、後悔も、私にも少しはあるプライドも何もかもかなぐり捨てて、この文書を送りつける行為が身勝手で、かなり気持ち悪いであろうことは百も承知だけれど、すべて読み終わって、それでも会いたいと思ってくれたなら返信をください。

どうかお願いします。

元同僚、紙屋より。


（おわり）

高倉英果《たかくらひでか》さんへ

五分ほど前に、メールアドレスのほうに、私的な文書を添付して送りました。この封書が届く頃にはもう読み終えていることでしょう。……いや、読んでいないかもしれませんね。どちらにせよ、反応が返ってくる前にこの封書も送ってしまいます。

非公式の社史『試行錯誤の二年間　資本業務提携を記念して』です。私が錦上《きんじょう》製粉の社員として綴った最後の文章です。

高倉さんのブログについても必要があって言及しています。事後承諾ですみません。身バレはしないように注意しましたので怒らないでください。

社史に出てくる社員の名前は、社史という性格上、すべて本名で記載しています。さっき送った私的な文書では、（渡邉さんを除いて）仮名で書いていますので、少し混乱するかもしれません。でも高倉さんには誰が誰だかわかりますね。

ご笑納いただけましたら幸いです。

元・錦上製粉株式会社東京支社総務部分室、菅屋大和《すがややまと》

試行錯誤の二年間　資本業務提携を記念して

錦上製粉株式会社

試行錯誤の二年間　資本業務提携を記念して

発刊によせて

錦上製粉株式会社元代表取締役・現顧問　錦上光一郎《こういちろう》

当社の創立は昭和二十四年、終戦から四年後のことでした。

それから六十七年が過ぎ、消費者は量より質を、より高付加価値な商品を求めるようになりました。製粉業にも自由化の波が幾度となく押し寄せました。

先に編まれた社史『錦上製粉　感謝のあゆみ六十五年』を読み返していますと、いつの時代でも進む先は不確実性に満ちていたことがわかります。そんな中、当社が生き残って来られたのは、社員諸氏のたゆまぬ努力のお陰であることは言うまでもありません。

しかし、新たな時代が訪れようとしています。

平成十六年、麦政策において五十二年ぶりの大改革が行われ、中小企業はますます厳しい事業環境に置かれました。政府による業界再編圧力も高まる一方です。

そんな中、当社は東洋製粉株式会社との資本業務提携という道を選びました。

今回、新たな社史が編纂されると聞き、「前回の社史編纂から二年しか経っていないのに書くべきことなどあるのか」というのが正直な感想でした。しかも編纂は退職が決まっている菅屋大和さんによって行われるというのです。しかし、辞める人間だからこそ誰をも恐れずに書けることもあるかもしれないと思い、この文章を寄せることにした次第です。

この社史は未熟な経営者であった三代目社長の試行錯誤の記録でもあります。

この失敗を踏み台にして、社員の皆さんが未来へ進んでいってくださったら——私という人間が創業一家に生まれた意味も少しはあったのかもしれません。

在任中は株主、取引先、関係先各位の絶大なるご支援をいただきました。

また、四代目社長となられる檜原《ひのはら》恭二《きようじ》氏には、「錦上製粉の社員の生活は必ず守る」との頼もしいお言葉をいただいております。

ここに本史刊行のごあいさつかたがた、あらためて感謝の意を表する次第です。

平成二十八年七月吉日

次々に訪れる困難の時代（創業から六十五年をふりかえって）

当社の歩んできた六十五年は安穏としたものではなかった。

戦後、復員した錦上重光《しげみつ》が目にしたのは食糧難に苦しむ人々であった。重光が抱いた痛切な使命感は、最初の社是「心と体に栄養を」にも色濃く現れている。荒廃と混乱を乗り越え、工場を建設し、学校給食用小麦粉委託加工工場に指定された時には、重光は喜びのあまり、近所の小学校にパンを頬張る子供たちの顔を見に行ったという。

昭和二十七年、政府の全面統制下にあった製粉業は自由化への道を歩みはじめた。日本人は食生活に豊かさを求めるようになり、販売競争は激化した。

重光は外部から技術者を招いて、製粉技術を飛躍的に向上させた。努力の甲斐あって、亀屋製パン株式会社様との取引が成立し、パン業界へ市場を拓くことができた。また、業界に先駆けて最先端のニューマチック方式を導入した新工場を建設。後に導入がかなわず淘汰された製粉工場が三百近くもあったことを思えば、重光のこの決断がいかに会社の運命を左右するものであったかがわかる。

高度経済成長期に突入しても、錦上製粉の歩む道が平坦になったわけではなかった。変化し続ける消費者の生活に合わせた商品開発が急務となっていった。

最前線に立ったのは、後に二代目社長となる雅光《まさみつ》である。営業部での経験を生かし、核家族化、女性の社会進出などに対応、コンビニエンスストア用のプレミックス品を次々開発していった。

平成元年、製粉工場にて粉塵爆発事故が発生。消防隊員が一名殉職、会社の生命力の源であった工場は一夜にして灰燼《かいじん》に帰し、社員に決して忘れられ得ぬ傷を刻むこととなった。

七十一歳であった重光は工場再建の資金調達のために走り回った。建設に着手した矢先、力つきるように代表取締役を退き、翌年に逝去した。

二代目の代表取締役に就任した錦上雅光は、新たな社是「食卓に文化を、食べる喜びを」を掲げ、自社ブランドの強化にも積極的に取り組み、販売力を強化していった。同時に工場の安全保持にも力を尽くした。

その甲斐あって、平成七年の阪神淡路大震災では操業が完全に停止することはなく、関西方面の食糧の安定供給のためむしろ増産体制に入り、他社への応援を行った。平成二十三年の東日本大震災の際に、東京支社がある関東方面への供給応援を他社より受けることができたのは、この時の尽力があったからであった。

平成五年には、バブル経済の崩壊が顕著となり、当社でも十年以上にわたり、業績が横ばいの状況が続いた。当時の経理部長が「切腹覚悟で」雅光を説得し、リストラ、大幅なコスト削減などを経て、ようやく業績が上向きになっていった。

そんな中、錦上製粉の工場は、食品安全に特化したグローバルスタンダードである

「ISO22000」を取得するなど、進化を続けてきた。

また、フランスより輸入した小麦粉ブランド「シャンゼリゼ」の販売も好調で、リーマン・ショック後の不況をもなんとか乗り越えることができた。

しかし、困難の時代は続く。

麦政策において大改革が行われ、平成十九年より、輸入小麦の相場連動制、SBS（売買同時入札）方式が導入されることになった。国際相場の影響を受けるようになって仕入れ価格は高騰、各社とも商品価格への反映に苦慮することになる。

また、政府による業界再編圧力も高まっている。生き残りを賭けた競争は激化の一途をたどっており、かつて二千社以上あった製粉企業は現在、百社を切るという状況にある。

さらに平成二十三年、東日本大震災が発生、人々の生活を大きく揺るがせた。少子高齢化によって市場は縮小を続け、一歩先さえ見透せぬ混迷の時代へと突入した。

平成二十六年、雅光が突然倒れ、帰らぬ人となった。五十八歳という若さであった。翌週には海外視察も予定されていた。雅光自身も予測しえない事態であった。

会長、社長の椅子がともに空席になるという緊急事態に際し、息子の光一郎が三代目代表取締役に就任した。

しかし、突然の世代交代が社員に与えた衝撃は大きかった。

雅光の社葬後に編纂が決定し、一周忌にて配布された『錦上製粉　感謝のあゆみ六十五年』に書かれた錦上製粉の歴史はここまでである。

この新しい社史では、光一郎が代表取締役に就任した後の二年間――錦上製粉が錦上製粉のものであった最後の二年間を中心に綴ることとする。

錦上光一郎の第三代社長就任と経営革新

（1）突然の世代交代

第三代社長が誕生したのは、日本がＴＰＰ参加表明を行い、消費税が八パーセントに引き上げられるという、食品産業にとって激動の年の翌年であった。

錦上光一郎は三十二歳で、早すぎる父の死は青天の霹靂《へきれき》であった。勤めていた東京興業銀行を退職、雅光の社葬後に正式に代表取締役に就任することになった。

しかし、錦上製粉での勤務経験が一年もないということが、その後、役員及び古参の社員との間に大きな溝を生むことになる。

光一郎は厳しい環境下で競争力を高めるため、大手飲料メーカー日本乳業株式会社のヨーロッパ支社長であった水沢貴一《みずさわきいち》を専務取締役に招き、以下の重点施策を打ち出した。

1. 主力事業である、小麦粉及びプレミックスのシェア拡大
2. 内部統制の強化、コンプライアンスの徹底
3. 国際市場における競争力の獲得

重点政策の1に関しては雅光の施策を引き継ぐ形となったが、2と3に関しては、光一郎が新たに追加したものである。

（2）急激なる社内改革

光一郎は、まず錦上製粉の社風が旧弊依然としていることに危機感を抱いた。就任早々、コンプライアンス委員会を設置。放置されていたパワハラ・セクハラ問題について、内部告発がしやすい環境を整えた。

また、それまでの錦上製粉では、女性社員は出産したら退職するか、閑職に回されるのが慣例であった。少子化によって人材確保が難しくなる将来に備え、光一郎は育児休業制度を再整備、「十年以内に女性役員を誕生させる」との方針を打ち出した。

光一郎のもう一つの懸念は、健康管理が徹底されていないことであった。試食を行う業務が多い食品産業では、社員の健康管理は重要な問題である。三十五歳以上の社員に対して生活習慣病の検査を新たに実施させた。

また、東京支社に二つ、大阪の工場に十あった喫煙室を縮小。入退室の記録を義務

づけた。記録は社長室へ届けられ、自らチェックするという念の入れようであった。

新体制に抵抗しつつも衰えぬ社員の士気

（1）古参社員の抵抗

光一郎の社内改革は、若手社員には歓迎されたが、古参社員の反発を招いた。

当時の酒井利明《さかいとしあき》プレミックス工場長は社内報『麦の畑』の「社員の声」欄にて、急激に変わりつつある社風に対し、次のような投書を寄せた。

「錦上製粉の社風は『自由闊達《かったつ》』である。勤務が終われば、上司が部下を誘い、あちこちの飲食店に繰り出して、流行のメニューの研究をしたものである。しかし、部下を飲み会に誘うことが、時間外労働の強要であるとされてしまっては、どのように世代間交流を行えばいいのか。また喫煙室は他部署との情報交換の場としても有用な場であった。古い世代のやり方がすべて間違っているとされるのは口惜しい思いである」

この投書欄は重光の時代に設けられ、社員が意見を自由に言うことのできる貴重な場所であった。しかし、光一郎は、「若手社員への圧力になりかねない」と総務部広報室に、投書欄の廃止を命じ、広報誌に掲載する原稿はすべて社長承認を必要とすることとした。また、酒井工場長は後日、工場長の任を解かれ、ロジスティクスセンターに異動となった。

（2）本社機能を東京に

光一郎は、「古い慣習に縛られ、硬直した意識を改革することが必要である」と、本社機能を工場から東京へ移すことを決定した。

東京支社は雅光の時代に関東近郊への営業拠点として設置され、社員三十名の小所帯であった。雅光の時代から役員を務める、製造部門統括の小野善一《おのぜんいち》常務は、この決定に「近畿地方こそが我が社の拠点であるはずだ」と反対したが、聞き入れられなかった。

新しい東京本社にはテレビ会議システムを導入、直接顔を合わせなくてもリアルタイムで会議ができる環境を整え、出張にかかる時間と費用の削減を行った。

光一郎はセキュリティ体制にもこだわった。警備保障会社と契約する他、機密の盗撮を恐れて窓にブラインドを設置させた。また、社長室の防音工事を数回にわたって行った。

小野常務は非公式の文書内にて、「電話の内容を社員に知られたくないのだろうが、ここまで来ると不安症の域」と、過剰なセキュリティ対策に対する懸念を書いている。

（3）本格的海外拡販、そして国内市場の再発掘へ

水沢専務は海外市場開拓を成長戦略として推し進めた。

「日本の製粉技術の質の高さは海外においても強みになりうる」と成長著しいアジア市場――中国、台湾、韓国、インドなどの現地代理店の社長と頻繁に交渉の場を持った。

一方、縮小を続ける国内市場にて、再起を図ろうとする動きも生まれていた。

重光の時代からの取引先であった亀屋製パン株式会社様では餡パン事業が撤退寸前に追いこまれていた。しかし同社の担当者様は「この事業を再生したい」と熱意を持っていた。

その期待に応え、当社の営業部のベテラン社員と、開発室の若手社員を中心とした、高齢者向けのパン商品開発のプロジェクトが発足。妥協のない商品開発への努力が実り、亀屋製パン様の商品本部長様より高い評価を得て、取引を継続していただけることになった。

新体制への不満は燻りつつも、社員の士気は雅光の時代と変わらず高かった。

【社員のこぼれ話】

『プロジェクトＮ――工場の安全を脅かす可愛い奴ら』

品質保証部・小山創成《こやまそうせい》

私が品質保証部に入ってまず戦った相手は粉塵爆発ではなく小動物たちであった。

小麦粉のある所に虫あり。鼠あり。しかし、それより恐ろしい敵もこの工場にはいるんです。

数ヶ月前から、工場内を野良猫たちが闊歩している。追い出してもすぐ戻ってくる。

調べてみると敷地内から複数の猫缶の空き缶が見つかった。各部署に聞いて回ったが餌をやった犯人は見つからず、サービス残業覚悟で張り込みをした。定時後しばらくして、夕闇に紛れて敷地内の茂みに近づいた男がいたので、腕を摑んでみれば、うちの品質部長であった。「懐いてくれて嬉しかった」とのこと。部長は離婚して奥さんと子供が出ていったばかりである。二度とやらないと約束してもらい、釈放となった。

餌が供給されなくなってからも、侵入してくる若い猫が一匹いた。しかたなく保健所に渡すことになった。

しかし、その結果を品質保証部内で報告した所、「人でなし」「見損った」と非難殺到の嵐。社内の猫好きネットワークにもあっという間に広まり、話したこともない他部署の女子社員に「小山さんには失望しました」とも言われる始末であった。

それでも品質保証部として害獣の駆除は責務なのである。

保健所に引き渡すために、私は猫を我らが独身寮に連れて帰った。寂しがってミイミイ鳴くのでやむなく抱いているうちに涙がポロポロこぼれてきた。

この地域に工場を建てたのも餌をやったのも人間の勝手である。それなのになぜ、この子ばかり処分されなければならない？　人間をやるのがなんだか嫌になった。

私は実家の裏山に猫を放してはどうかと考えたが、生態系を乱しはしないか心配だ。猫は日本の固有種ではない。大陸から輸入された外来種である。翌朝、有給をとって環境問題を扱う研究室を訪ねた。しかし、「生態系への影響以前に、猫が可哀想だと思わないのか？」と責められた。猫が人間の感情に及ぼす絶大な影響力には恐れ入るばかりである。

そんなこんなで粉吉《こなきち》は未だに私と独身寮にいる。名前もつけてしまったことだし、ペット可のマンションを購入しようと思っている。結婚はますます遠のくばかりである。

社内報『麦の畑』は、その時々の社員生活を後世に生々しく残す資料として非常に興味深い。「工場de七転八倒」欄に掲載された社員のコラムをここに紹介しておく。

創業者三代目の決断

（1）徹底的な効率化とその功罪

光一郎は利益率向上のため、慰安旅行や懇談会など、社内における「無駄」を徹底的に排除していったが、最も力を入れたのが社内文書のデジタル化である。

書庫に保管された過去の社内文書――社史、社内報、社内規定、議事録、写真、各申請書に至るまでデジタル化し、紙の原本は破棄するように命じた。

また、デジタル化された社内文書は、権限を持った者（管理部門統括者及び総務部長）しか印刷・編集・削除ができないよう管理された。機密の紛失や漏洩《ろうえい》を防ぐためだが、一方で、権限さえあれば隠蔽・捏造《ねつぞう》・削除が容易であるという危険性も孕《はら》んでいた。

後日、当社が東洋製粉株式会社様と資本業務提携を行ってからしばらくして、社内規定から、転勤に関する細則が削除されるという事件があった。誰がやったのかは不明だが、もし故意だったとしたら、対外的な信用も失いかねない由々しき事態である。

社員の権利を守るためにも真相解明は急務である。

（2）東洋製粉株式会社様との資本業務提携へ

海外販路開拓、新事業の立ち上げ、生産部門の効率化改善など、情熱を失わない社員たちの奮闘により、業績は三期続けて前期を上回った。

しかし、光一郎は「いずれ業界再編の波に抗《あらが》えなくなる」と考えていた。

小野常務が、東洋製粉株式会社様から資本業務提携の打診を受けたのはそんな時期であった。創業家の三代目として、先代と先先代が家族同様に接してきた社員たちを事実上売り渡すことになるのではないかと光一郎は罪悪感を覚え、返答は三ヶ月にわたって保留された。

しかし、東洋製粉代表取締役社長楠見文隆《くすみふみたか》氏と直接対面した際、「御社の社員の技能を高く評価している、決して路頭には迷わせない」との一言を受け、ついに決断に至った。

その決断が役員に告げられたのは、非公式の役員会議の席だった。一人だけ知らされていなかった水沢専務は「逃げる気か」と光一郎を面罵したが、決断は覆されなかった。

この会議の議事録について、小野常務は「反対者の発言は削れ」と改竄を指示。しかし、議事録作成者の誤送信によって修正前の議事録の内容は全社員の知るところとなった。

（3）三代目社長の最後の言葉

後日、正式の役員会議、次いで株主総会が開かれ、資本業務提携が決定した。その決定を社員に伝える直前、光一郎は、若手社員が匿名でネット上に書いているブログを読み、社員が受けた衝撃の大きさを改めて認識した。

全社員の前で「議事録の改竄をさせたのは私だ」と常務に代わって謝罪し、「臆病者の私にはこの決断しかできなかった」と、経営から退く決意をするまでの心中を正直に語った。

そして社長として最後のスピーチをこう締めくくった。

「これから色々なことが変わっていくでしょう。しかし、変わらないものもあります。人は食べなければ生きていけません。お腹がいっぱいでなければ、笑うことも泣くこともできない。皆さんの仕事を、錦上製粉を、これからも私は誇りに思います」

こうして錦上製粉が錦上製粉のものであった時代は終わった。

事実上の子会社となってしまえば「自分の頭で考えなくていい企業になってしま

う」と転職に関心を持つ気配も社内にはある。すでに転職先を決めている社員もいる。

一方で、古参社員の多くは家計などの問題から残らざるを得ない。また、新たな環境においても「自分の頭で考えることをやめたくない」と情熱を失わない若手社員も多い。

東洋製粉株式会社様より、檜原恭二新社長を迎えて、当社はまた新たな時代を迎える。

しかし、錦上光一郎前社長が言い残した通り、どんな時代であっても、人は食べなければ生きていけない。

自分の仕事を誇りに思い、互いを尊敬し、深い信頼関係で結ばれながら、百年後も、二百年後も、人々の心と体を栄養で満たし続ける。

それが当社の使命であることだけは、これからも変わらない。

心と体に栄養を。その志を胸に、錦上製粉株式会社のミルは明日も粉を挽き続ける。

あとがき

この社史が発刊される頃には編者である私はこの会社を辞めています。

この社史はそのような人間が個人的に綴った私的な文書であることを断っておきます。

それでも書かずにはいられなかったのは、三代目社長就任から資本業務提携に至るまでの二年間をどこかに記しておきたいという使命感からでした。

そんな私の身勝手な思いを理解し、社長挨拶を寄せてくださった、元代表取締役・錦上光一郎氏に感謝します。

そして、こんな私を採用してくださった同氏と、読み書きという私のたった一つしか能い取り柄を買ってくださった社員の皆様にこの場を借りて感謝申し上げます。

言い訳にはなりませんが、執筆に割いた時間は二週間足らず、入手できた社内文書も限られたものでした。そのため、カバーできなかったエピソードも多々あると思います。口絵、年表、業績のグラフなども載せることが適《かな》いませんでした。

もし、新たに資料を提供してくださる方がいらっしゃいましたら、随時加筆していつか「完全版」を刊行したく思っています。もし叶うならばその先の錦上製粉の歴史も私に書かせていただけないでしょうか。ぜひ書きたい。何としても書きたいです。

とりあえずは、無事発刊できることになり、望外の喜びであります。

二〇一六年七月三十一日

菅屋大和

本書は二〇一八年十一月に刊行された作品の文庫化です。

双葉文庫

あ-64-02

会社《かいしゃ》を綴《つづ》る人《ひと》

2022年9月11日　第1刷発行

【著者】
朱野帰子《あけのかえるこ》

【発行者】
箕浦克史
【発行所】
株式会社双葉社
〒162-8540 東京都新宿区東五軒町3番28号
［電話］03-5261-4818(営業部)　03-5261-4831(編集部)
www.futabasha.co.jp（双葉社の書籍・コミックが買えます）
【印刷所】
大日本印刷株式会社
【製本所】
大日本印刷株式会社
【カバー印刷】
株式会社久栄社
【DTP】
株式会社ビーワークス

【フォーマット・デザイン】
日下潤一

ISBN978-4-575-52603-5 C0193
Printed in Japan